安達 瑶

# 悪徳探偵《ブラック》

## お泊りしたいの

実業之日本社



実業之日本社文庫

# 目次

# 悪徳探偵《ブラック》　お泊りしたいの

# 第一話　民泊アーバンリゾート・ダウンタウントーキョーへようこそ

『民泊の宿！　東京でのお泊まりはこちら⇒』

おれ・飯倉良一《いいくらりょういち》は、町内のあちこちにいわゆる捨て看板を立てて歩いた。おれがコキ使われている「ブラックフィールド探偵社」が、本業をすっかり忘れてしまったのか、蕎麦《そば》屋を営んでいた田舎《いなか》から東京に戻ってきたと思ったら、今度は下町で民泊を始めることになったのだ。

スカイツリーが間近に見えて、浅草《あさくさ》にもほど近い、ここは古くからの街・押上《おしあげ》だ。古い建具屋兼住居だった三階建てのビルをリフォームした民泊施設の経営を、社長が引き受けてしまったのだ。部屋は全部で六部屋。

だが儲《もう》かる見通しはない。赤字が膨れあがって社長が腹を立て、おれがサンドバッグにされる未来しか見えない。

憂鬱な気分でその施設「民泊アーバンリゾート・ダウンタウントーキョー」に戻

ると、案の定、社長の黒田十三《くろだ》にドヤされた。

「こら飯倉！　こんな時間までどこほっつき歩いとったんや、このクソガキが！」

ゴールドのチェーンを首でチャラチャラさせ、アロハシャツにサングラスの黒田社長がフロントの中から吠《ほ》えた。これでは客が怖がってチェックインできない。

一階の元は作業場だった場所をフロント兼事務所兼倉庫にして、二階と三階の元の居住スペースを民泊の部屋にしている。

「口開け早々、客が来てやな、ガイジンさんやから押しが強ぉて主張のゴリ押しやがな。荷物を預かれメシの美味《うま》い店を教えろスカイツリーの割引券が欲しいお前が案内しろやら言いくさってもう矢継ぎ早や」

え？　社長は日本語、それもヤクザ的関西弁しか話せないはずだけど……。

「まさか社長、お客さんを脅したりしてないっすよね？」

オドレは誰に向かってモノ言うてんねん、ああ？　とカウンターの中から凄《すご》む社長の姿がありありと目に浮かんだが、社長の答えがまた、想定外だった。

「そら失礼やろ。こう見えてワシは商売人や。すんまへん、スタッフが戻ってくるまで待っとくなはれ、とひたすら低姿勢や」

「じゅん子《こ》さんはどうしたんですか？」

探偵社の経理を始め実務一切を取り仕切っているスーパー社員の上原《うえはら》じゅん子さんこそ、フロント業務には適任なのだが。

「じゅん子は買い出しや。サイトに書いてあった備品が部屋にないとクレームがついてな。あや子《こ》は、この近所の取材や」

あや子さんは黒田社長の愛人だけど、公私混同なのか、はたまた零細なのを見かねてか、ずっとウチを手伝ってくれている。

「近所の取材って、また食べ歩きっすか？　社長はあや子さんには甘いんだから！」

「アホか！　愛人に甘いのは当然……いや、そやのうて、あや子は、近所のメシ屋を調べに行ったんや。ウチは部屋と台所を貸すだけでメシは出さんから、客に訊《き》かれてもエエようにアサメシ・ヒルメシ・バンメシが食える店のメニューや値段、ついでに味も調べに行っとるわけや」

「そんなのネットで調べれば……」

「それは手抜きや。こういう事はオノレの足と舌で確認するのが一番なんじゃい！」

エラそうにしていた社長だが、客らしい初老の白人カップルが来た途端、平身低頭で満面のジャパニーズ・スマイルを浮かべた。

「うぇるかむ・とぅ・じゃぱん！」

「あ～予約したミスター&ミセス・ゴンドルフです。ヨロシク」

旅慣れた様子の相手は流暢《りゅうちょう》な日本語を使ってルームキーを受け取ると、大きなスーツケースを引きずって急な階段を上がっていった。

「宿帳とか書いて貰《もら》わなくていいんですか？」

「せやからお前はアホやっちゅうねん！」

白人と受け答えする緊張から解放された社長は饒舌《じょうぜつ》になった。

「予約も支払いもネットでもう済んどる。それが最近の民泊や。こういうフロントみたいなもんが無い所も多い。必要なんはルームキーの受け渡しだけや。『代行業者』を使う場合もあるが、ここは一階が事務所として使えるし、お前がここにおればええんやから、ルームキーも直接手渡しにしたわけや」

ほたらワシは行くで、と黒田社長はいそいそと出かける支度をし始めた。

「いずこへ？」

「野暮用や。あと一組、客が来るけど、それは日本人やからキンチョーせんでええで。ほな頼むデ」

黒田は行ってしまい、おれは一人で店番をすることになった。

そもそも、どうしてこういう事になったのかというと……。

いろいろあって東京を逃げ、今まで潜伏していた北関東はT県颯跋町《さつばつ》から、おれたちはまた東京に戻ってきた。颯跋町では潰れた蕎麦屋を再興し、温泉を掘り当て、地域振興の「カジノホテル」の運営にも一役買い、まあそれなりに役に立った……はずだ。結果としておれたちがかかわったカジノ特区、町おこし特区、IT化推進特区のどれひとつとしてうまく行かない……どころかすべてが大失敗に終わったのだが、それはおれたちの責任ではないし、とりあえず半年とちょっとおれたちが身を隠すには充分だった。

そのうちにほとぼりも冷め、そろそろ潮時かと颯跋町から東京に戻ったのは、「いい話がある」と黒田社長に電話が入ったからだ。

善は急げとおれたちは急遽《きゅうきょ》東京に戻り、電話の主に会うために、押上のこの建物の前で待ち合わせた。おれたちに新たな仕事の話を振ってきたのは、おれたちが潜伏していた田舎の蕎麦屋の持ち主で、東京でレストランをやっている蒲生《がもう》氏だった。

「今度は宿屋《や》を殺れと？　カチコミでっか？　どこのホテルに？　いや冗談ですがな。ホテルの経営なら任せなはれ」

黒田社長は胸を叩《たた》いた。

「自慢するわけやないがワシら、颯跋町のカジノ特区ではIRちゅうかカジノホテルの立ち上げと経営一切に関わって、見事に成功させましたさかいにな」

　立ち上げこそうまく行ったものの、その後カジノは倒産したことについて黒田は口を噤《つぐ》んだ。

「しかしここでホテル？　それにしては部屋数が少ないんとちゃいまっか？」

「いや、ホテルではなく、今流行の民泊をね。すでに法的手続きや改装工事はすべて済ませてあるので、運営の一切をお任せしたいと」

　オーナーの言葉にじゅん子さんが反応した。

「ここを民泊にしたのは良いアイデアですね。スカイツリーのすぐ傍《そば》ですし、浅草も近いし」

「そうなんですよ。それにね、この『宮原《みやはら》建具店』は大家族で住み込みの職人さんたちも暮らしていたので、キッチンも広めだし部屋数もある。食器や調理器具そのほかも全部そのまま流用していいと元の持ち主がおっしゃってくれたんで開業のコストも抑えられたんです。ドアに新たに鍵を取りつけた事くらいで」

　キッチンや風呂、トイレは共用で宿泊客の譲り合いで使って貰います、と建物の中を巡回しつつオーナーは説明した。

「ねえねえ、屋上に露天風呂作ろうよ！」

　あや子さんが目を輝かせた。

「スカイツリーを眺めながらひとっ風呂、っていうのをウリにすれば、ほかの民泊との差別化が図れるじゃん！」

「あや子はほんまに露天風呂が好きやな」

　だがオーナーは難色を示した。

「しかし……新たに工事を入れるとなると」

「いやいや経費なら心配おまへん。露天風呂設営ならウチには専門家がおりまっさかい、資材だけ買《こ》うてくれれば。人件費はまけときまっさ」

　社長は安請け合いしておれを見た。

「飯倉！　大至急、屋上に露天風呂作らんかい！　屋上をちょいちょいと囲ってボイラーからホース引いてくればオッケーやがな！」

　またか、とおれはげんなりした。しかし、このビルの屋上ならコンクリート造りだし、防水さえちゃんとすればなんとかなるだろう。颯跋町で作られた露天風呂のような大惨事にはなるまい。

　開業準備が始まった。おれが即席の屋上露天風呂を作っている間に、あや子さんは物置を漁《あさ》って、ホコリだらけの汚い火鉢そのほかの、古い調度品を引っ張り出してきた。

「いいものを見つけたから。これを出して使おうよ！」

だがじゅん子さんは反対した。

「この建物の暖房はエアコンで充分ですよ？　木炭みたいな火気は安全上、絶対に使うべきではありません。不完全燃焼が起きるかもしれないし、汚くて見た目も悪いでしょう？」

「だから火は入れないの。インテリアとして使うの。この民泊にはこれが絶対必要なの！」

物置から火鉢を運ぶのはおれの役目だ。

だが表の道路でホースから水を出して火鉢を洗うとホコリが取れて、深い藍色の地のうえに濃緑の釉薬《ゆうやく》をかけて焼いた、非常に美しい陶器が出現した。

「灰の代わりに、これを中に敷くんだ」

あや子さんは白い石が詰まった袋を掲げた。

「この近所に潰れた店があるじゃん？　そこから貰ってきたの」

そういえば、ここからちょっと先にある『冷たい熱帯魚』というアクアショップのシャッターが下りていた。この石はその店の水槽に敷かれていたものなのだろう。

あや子さんは、火鉢のそばに座布団を置くことも強硬に主張した。

「火鉢はあたるものなんだから、そばに座布団があるのは当然でしょ？」

「暖房用ではなくインテリアだって言いましたよね？　スペースを取り過ぎているし……要するに邪魔だと思いますけどねえ」

じゅん子さんはなおも難色を示したが、あや子さんの言うとおり、急な階段と砂壁で囲まれた三角形のスペースに置いてみると、火鉢と座布団は何故《なぜ》か、異常なまでにハマった。

あや子さんが言うとおり、当然そこにあるべきもの、いや、なくてはならないものとしか見えなくなったのが不思議だった。

「どうよ？」

あや子さんは自慢げに大きな胸を張った。

「マジでセンスあるって、自分でも思うもの」

以前からこの家で使われていた食器などは当然ながら馴染《なじ》んでいて、ここに宿泊すると実家に帰省したような、アットホームな空気に包まれること請け合いだ。

「この民泊、意外に成功するかもしれませんね」

普段はシビアなじゅん子さんも言った。

「なんだか懐かしい、安らぐ感じがします」

おれも、黒田の手掛けることに成功の例《ため》しなしと思っていたけれど、ここだけは唯一の例外になりそうな気がした。

おれが急遽、突貫工事で作った露天風呂もいい感じだ。夜は特にいい。スカイツリーが目と鼻の距離に迫って見える。展望デッキから、こっちのハダカが双眼鏡で見えてしまうんじゃないかと落ち着かなくなるほどだ。

「しかし……ちとヌルいな」

屋上にベニヤで囲ってビニールシートを貼っただけの露天風呂に浸《つ》かった黒田が文句を垂れたのでおれは言った。

「二階の風呂の蛇口の一つを潰してホースを伸ばしてるんで、お湯がここまで来る途中に冷えてしまうんすよ」

「どないかならんのか？　冬場はアカンで。一度入ったら寒うて出られんようになるで。ホースに断熱材を巻くとか、考えんかい」

「材料費をください。それと、無理をするとボイラーが壊れるかも。もともとキッチンと二階の風呂に給湯するキャパしかないっすよ」

「壊れたらその時じゃい。今からあれこれ考えとったら商売なんか出来んワイ」

黒田はカネのかかることは先送りするのが好きなのだ。

風呂からあがり、二階のキッチンでビールを飲んで寛《くつろ》ぐ黒田に、かねがね疑問に感じていたことを、おれは訊いてみた。

「ところで、民泊と民宿って、どう違うんですかね？」

「アホやなお前は！　そんなことも知らんまま、この一週間準備しとったんかい！」

優越感剝《む》き出しで黒田はレクチャーした。

「早い話が、民宿は旅館業法ちゅう法律の、簡易宿所に該当するんや。民泊はぶっちゃけ、民家に客を居候させることや」

「ちょっと違いますね」

博学のじゅん子さんが口を出した。

「民泊サービスとは、一般的に自宅の一部や空き別荘、マンションの空室などを活用して提供される宿泊サービスです。一時的に一般家庭で旅行者を受け入れるものですが、一方、民宿は反復継続して部屋を提供します」

「ほたら、ここみたいに客に貸す専用の施設言うのんは民泊と違うんかい。どないなっとるんや。おかしいやないか」

「それは……外国からの観光客が急増して宿泊施設が足りないし、ネットで民泊予約が広がってしまって法律が全然追いついていないので、お役所もグレーな感じで対応せざるを得ないのでしょう。もっと言えば新しい法律では『家主居住型』と『家主不在型』に分けられて……」

「もうええわ！　要するに、今のこの状態は厳しい言うたら違法やけど、いわばオメコボシでまあまあやれる、そういうこっちゃな？」

そういう経緯で、我がブラックフィールド探偵社がこの民泊施設を取り仕切ることになった。と言っても、実際に働く係はほぼおれ一人なのだが……。

「帰ったよ〜。今日もいい店見つけたよ！」

薄着で巨乳を強調したファッションのあや子さんが、満面に笑みを浮かべて戻ってきた。

「この近所に、老舗《しにせ》のモツ焼き屋さんがあるんだけど、そこの名物が、炭火で焼く巨大ローストビーフなの！　こーんな大きな肉の塊をじっくり焼くワケよ。食べてみたらそれがまた美味《おい》しくて。この近辺ではイチオシね！」

あや子さんは撮ってきた写真を見せてくれたが、たしかに両手にあまるほどの肉の塊がこんがり焼かれていて、美味そうだ。

「この辺はねえ、スカイツリーだけじゃないわよ。ガイジンさんが喜びそうな昔からの、オモムキのあるお店が結構残っているし、名代《なだい》のメンチカツとか美味しいものもたくさんあるの。やっぱりネット情報だけじゃダメよね。足を使わなきゃ」

あや子さんが得意げに喋《しゃべ》っていると、百円ショップの大袋を抱えたじゅん子さんも戻ってきた。彼女はビジネススーツをバリッと着こなしている。

「リストにあるもの全部、百円均一プラス税で揃《そろ》えました。歯ブラシから、スマートフォンの接続ケーブルに至るまで」

じゅん子さんはお茶請けの和菓子や記念の和グッズなども袋から取り出している。

「この扇子はお客様へのギフトにします。ところで、オープンからしばらくは、いろいろ想定外な事も起きるでしょうから、私たち三人は貼り付いてましょう」

「黒田社長は戦力外ですか？」

おれが訊くと、じゅん子さんは「何をバカな事を訊くのだ」という顔になった。

「もちろん。社長は最後の切り札として温存します」

要するにトラブル解決専門の「怖い人」扱いだ。

結局、新規オープンの初日は外国からの観光客二組に日本人の女の子同士が二組、日本人カップルが一組、中年の外国人客が一人で、めでたく満室になった。

我々が経営に参画した記念すべき初日なので、広いキッチンがパブリック・スペースのようになって宿泊客が全員集まっている。おれは彼らにお茶やお菓子を振舞った。近所で買ってきた消費期限が本日の半額商品ばかりだが、お客さんはみんな美味しそうに食べて打ち解けて、仲良くなって観光情報を交換している。ゴンドルフ夫妻は日本語が上手《うま》いだけに相当の日本オタクらしく、日本人の男女より京都や奈良に詳しくて逆に日本史のレクチャーを始めたし。

「この近くにミナモトノヨリトモの軍勢が、スミダガワを渡ったとされる場所があります。ぜひ、訪れてみたいですね」

「はぁ、千葉に攻め込んだんすか？」

「ノーノー。逆です。ボーソー半島からここ、ムサシの国に入ったのです。トーキョーベイは当時、湿地帯で、大軍で移動するのに適切な地形ではありませんでした」

「ねえ飯倉くん。日本人としては、源平の戦いについてくらいは知ってて欲しいものよね。南北朝とまでは言わないけど」

じゅん子さんに駄目出しされたおれはジャパニーズ・スマイルでごまかした。誰だよ、そのミナモトの何とかって？

「スミダガワと言えば、ここから少し北に行った、大きくワインドしているちょっと手前にシントーシュラインがありますね。そこは昔、サイゴクからの船がたくさんあつまり、大変に栄えた港だったそうです」

「ああ、あの大きなガスタンクがふたつあるところっすね」

そこならおれも知っている。

川が大好きらしいゴンドルフ氏がコーヒーを淹《い》れたり、別の外国人客が歌を披露したり、日本の女の子が自分用のおやつを提供したりして、その場はいっそう和やかになった。

が……独り客の、彫りが深い顔立ちで中東系のように見える外国人だけは、さっとやってきて無言のままロールケーキを部屋に持ち帰り、それっきり出て来ない。この人だけ、他のお客さんと感じがまるで違った。

「指名手配犯？　警察に追われてるとか？」

耳打ちするあや子さんを、お客の詮索はよくないことだ、とおれは柄にもなく諭した。

キッチンの脇の階段下にある「火鉢スペース」には、いつの間にか老婆が座っていた。

灰色の着物を着て背中は丸く、髪の毛は真っ白だ。優しそうな顔でニコニコしながら、まるで置物のように、火鉢の傍らにちょこんと座っている。柔和な表情と、無言でキッチンを眺める姿が、画竜点睛《がりょうてんせい》というか、この空間になくてはならないような存在感を醸し出し、この宿の空気全体を和ませている。

その老婆は、翌日も、その翌日も、そのまた翌日も、当然のように二階から三階への階段下に置かれた、火鉢のそばに座っていた。

火鉢とその老婆の取り合わせが、あまりにも自然で場に馴染んでいて、まるでこのおばあさんは、この建物にずっと住んでいるみたいだ、とおれは感じ入った。

「あのおばあさん、どのお客のお連れさんなんすかね？　ずいぶん長く宿泊されてますが」

ある日、一階の事務室で、おれがなにげなく話題にすると、じゅん子さんは怪訝《けげん》そうな顔で首を傾《かし》げた。

「誰それ？　そんなおばあさん、泊まっていたかしら？」

「いるよ～、いつも火鉢のところにいる」

あや子さんが加勢してくれた。

「ほら、お年寄りって温泉とかに連泊したりするじゃん。きっとそれだよ。うちらの管轄外の、オーナー直《ちょく》のお客さんなんだよ、きっと」

「最近は年寄りを寂れた観光地のホテルに連泊させる、早い話が姥棄《うばす》てプランみたいなんもあったりするからな」

　黒田社長がニヤリとした。

「夏のスキー場の、誰《だ》〜れも客が来んホテルに、何ヵ月も年寄りを宿泊させる手配をしたことが、そう言えばワシにもあったで」

「小津《おづ》の『東京物語』でも老親を熱海《あたみ》に厄介払いするエピソードがありましたね」

そう言いながらじゅん子さんは宿泊リストを確認したが、ふたたび首を傾げた。

「やはり、高齢の女性の宿泊客はいませんよ。長期滞在の女性のお客様は全員、中年ですし」

　その誰かの親って事は？　とおれが言いかけた時、区の担当者だと名乗る人物がやって来た。

「ええと、民泊アーバンリゾート・ダウンタウントーキョーさん？　困りましたね。区からは、このまま営業を続けてもらう訳にはいかないと公式な文書を差し上げたのに、なぜ知らん顔をして営業を続けているんです？」

「は？　言ってる意味が判《わか》んないんスけど。旅館業の免許なら、ほら、ここに」

新法が施行される前なので、この宿は既存の旅館業法の簡易宿所として営業許可を取ってある。それに「公式な文書」ってなんだ？　そんなもの見たことないぞ。社長が勝手に棄ててしまったのかもしれないが。

「あのねえ、こっちが言っているのは旅館業法の話じゃないんですよ。おたくの、この建物が建築基準法に違反していると、再三警告しているのです。とにかくこのままでは適法とは認められない。大至急是正して戴《いただ》きたい」

「是正って……なにを？」

「オタク、無許可で屋上にお風呂を作ったでしょ？　露天風呂」

「は？　あの、スカイツリーからハダカが見えちゃうとか……軽犯罪法違反っすか？」

「建築基準法！　ここの改築に当たって、屋上に風呂を設ける申請は出されていない。これすなわち違法建築である！」

このまま営業すればそれは違法で、営業停止そのほかの処分を出さざるを得ない、と木っ端役人は威丈高な態度で言い募った。

たしかに……屋上の露天風呂は急遽作ったものだから、違法と言われればそうなのかもしれない。しかし、取り壊すのは簡単だけど、すでに「屋上露天風呂」はウチの大きなウリになっている。「取り壊します」と即決できるはずがない。

「それにねえ、こちらでは火鉢を使ってるでしょう？　あれは消防法違反です！」

木っ端役人はじゅん子さんがデスクトップで作成したパンフレットの、キッチン脇の写真を指さし、とんとんと叩いて威圧した。

「いやいや、この火鉢は飾りで、火は入れてませんから」

「だが入れようと思ったらすぐに入れられる。あんたらが単純に考えて炭やら練炭やらを入れた結果、一酸化炭素中毒を起こして、全員が死んでからじゃ遅いんだ！　行政の責任も問われるんだし」

これは完全な言いがかりだ。やらないことをやるかもしれないと言い張られては話にならない。

「とにかく火鉢を設置するのなら、換気設備を増設して貰わないとね。増設後に改めて書類を出し直して、我々が検査に入って正式な許可を出します」

「あの、その許可とやらが下りるには、どのくらい時間かかるんすか？」

「まあ、工事が終わって書類を出し直して貰ってから、早くて一ヵ月というところですかね。それまでは営業を中止してもらわないと」

現在ここに泊まっている宿泊客にも全員退去してもらう、とこの役人は言い放った。

「おたく、外国からの宿泊客が多いんでしょ？　区の治安維持の観点からも好ましくないね、こういう状況は」

正直、この区に外国人観光客はいらない、テロ対策上問題がある、地域住民も不安を訴えている、などと無茶苦茶なことをこの木っ端公務員は言いだした。

「正直、あんたらのような反日はこの区にはいらないんだ」

「ちょっと待ってください」

じゅん子さんがおれの前に出た。

「アナタが嫌っている外国っていうのはお隣の国のことじゃないんですか？　ただ嫌いだから、それだけの理由で排除しようとしているんじゃないですか？」

図星らしく、返事がない。

「中国十四億人の市場がないと、日本経済は成立しませんよ。日本政府は観光立国を標榜《ひょうぼう》してるしオリンピックもあるし、スカイツリーや浅草界隈《かいわい》には外国からのお客様がひしめいてるじゃないですか！　外国人観光客無しにはこの辺はやっていけませんよ」

「そんなことはどうでもいい。これは区長のお考えなんだ！　この区に外国人はいらない」

「はぁ？」

じゅん子さんとおれは期せずして声を合わせ、首を傾げた。

「ああ判った！」

じゅん子さんが反撃ののろしを上げた。

「この区の区長ってそういえば外国人が大嫌いでしたよね？　東京都知事も同じですよね？　関東大震災で犠牲になった外国人への追悼文も取りやめにしましたよね？　そんな区長や都知事におもねってへつらって忖度《そんたく》して点数稼ぎで、ウチみたいな民泊施設にあーだこーだと言いがかりをつけて足を引っ張ってるんでしょアナタは。ボクは仕事してますって所を見せるために。そうでしょ！」

「なんならよぅ」

腹からドスの効いた声を出したのは二階から下りてきた黒田だ。いきなり広島弁のイントネーションになっているのは何故なんだ？

「区議会議員やら区長やら都知事やらそんなケチなレベルやのうてよぅ、ワシの知り合いの国会議員にハナシ通したってもええんよ、のう？　今をときめく総理大臣の、側近の議員サンがワシの舎弟でよぅ」

「しゃっ舎弟……それは暴対法に違反」

赤くなったり蒼《あお》くなったりしつつ懸命に抗弁する木っ端公務員。だが黒田に聞く耳は無い。

「ほんなよぅ、ケチな法律知らんワイ。舎弟の関係はよぅ、憲法も越えるんじゃ！　お？」

ワシらの世界ではな！　と黒田が吠えてサングラスを外し、カッと睨《にら》みつけると、木っ端役人はほうほうのテイで逃げ去った。

「あいつ、また来よるで。本音は袖の下が欲しいのかもしれん」

黒田は自分の一喝の威力に御満悦だ。

「その場合、どうしましょう？」

「楽天地《らくてんち》温泉の優待券でもやっとけ。あかんな、それやと贈賄でこっちもパクられるな」

黒田はニヤニヤして顎に手を添えた。

「まあええわ。酒飲んで考える。ほな、ちょっと行ってくるで」

黒田はいい口実が見つかったとばかり、紅灯のチマタに消えて行った。

＊

そんなある日。

予約だけでは部屋が埋まらなくなったので、あや子さんがミニスカとピッチリしたニット姿で路上客引きを始めた。

すると、少し離れた場所からウチの建物をを見上げている若い女性がいた。

「浅草観光ですかおねえさん？　今夜泊まるところ無いんじゃないですか？　うちは屋上からスカイツリーも見えるし、近所の美味しい食べ物やさんや銭湯の案内もばっちりだよ〜。ほかの民泊とはひと味違いますよ〜。外国人じゃなくても、日本人のお客さんでもオッケーですよ〜」

その女性はふらふらと、何かに吸い寄せられるようにフロントのおれのところにやってきた。凄く華奢《きゃしゃ》で、長い髪が顔を隠していて、表情がよく見えない。

「チェックインされますか？」

その女性は、フロントのある一階、そして二階に繋《つな》がる階段をしげしげと見つめた。

彼女の、打ちひしがれた様子と暗い雰囲気がすごく気になったけれど、キーを渡すと彼女はそのまま部屋に行ってしまった。

するとと彼女を追いかけるように、別の女が訪ねてきた。巨乳の美人だが一見して性格の悪さが顔に出た、尖《とが》りまくって攻撃的で、イヤな感じの女だ。

「宮原玲実《れいみ》って女、ここに泊まってるでしょ？」

いきなり高飛車に言ってくる。

「あの女がここに入るのを見たのよ。用があるんだから、部屋を教えなさい」

有無を言わせない高圧的な物言いは、全人類を不快にさせそうだ。

「あの、それはちょっと……お客様の個人情報ですので」

やんわり断ると女は憎悪を剝き出しにした。

「はぁ？　何エラそうにしてんのよ。ここ、旅館業法の営業許可とってんの？　昼間はラブホみたいなことしてるとか警察に通報することだって出来るんだよ？」

「そんな根も葉もない完全なウソ、警察が信じると思うんですか？」

言い返した瞬間、おれは後悔した。こういう嫌がらせが得意なヤツは、いろんなウソを平気でつくし、通報されれば警察だって無視は出来ないだろう。パトカーがやってきたりしたら、ここのイメージダウンは必至だ。

あいにく理路整然と言い返せるじゅん子さんも、脅しの一喝が得意な黒田社長も、どちらも所用で不在だ。あや子さんは、やだこのヒトこわ～い！　などと言いながら遠ざかって行ったし……。おれ一人でなんとかしなければならない。

「あの、法的に問題はまったくないっす。逆に、あれこれ言われるんなら営業妨害で警察に通報しますけど、いいんすか？」

「いい根性してんじゃん。呼ぶなら呼びなさいよ！　客商売で簡単に警察呼ぶようじゃダメなんじゃないの？　評判悪いよ？　オタク」

スイッチが入ってしまったのか、女はあることないこと大声で喚《わめ》き立て始めた。外を歩く通行人が何事かとこっちを覗《のぞ》き込んでいく。

「ごめんなさい。私のせいですよね？」

そこに当の宮原玲実さん、つまりさっきチェックインしたばかりの若い女性が階段を下りてきた。

迷惑をかけてすまない、という玲実さんに、根性悪の女は勝ち誇ったように言い放った。

「やっぱりここに泊まってたんだ。道路にぼーっと突っ立っちゃって、バカじゃないの？　あたし、この際だからあんたに言いたいことがあんだけど？　ここじゃなんだから、あんたの部屋に通しな」

女は玲実さんを促して階段を上ろうとした。

「ちょっと待ってください。お泊まりではない人は入れないことになってます」

おれにはお客さんを守る義務がある。いや、たぶんきっと、あるに違いない。

「じゃあなに？　ここの店先でやる？」

まるでストリートファイトを始めるかのようなことを女は言い出した。

これは、どう見ても元いじめっ子が過去にいじめた子をいたぶりに来たとしか思えない。

「あ、すぐ済みますから。私のお部屋で……その方が迷惑にならないと思うので」

お客の玲実さんに懇願されては仕方がない。ここは黙認するしかないようだ。

「だから最初から通せばよかったんだよ！」

クソ女は捨て台詞《ぜりふ》を吐くと、ドスドスドスと足音も高く階段を上っていった。

……気になる。

少しならフロントを離れても大丈夫だろう。

玲実さんの事が気になって仕方がないおれは、様子を見に行った。

案の定……ドア越しに、クソ女が玲実さんにマウンティングする勝ち誇った声が聞こえてきた。不快だし盗み聞きするのは悪いと思いつつ、彼女が心配なので聞き耳を立てた。

「あんた、ガリガリ勉強ばっかりしてウチらをバカにしてたよね？　いい大学入って、いい就職したってウチらを見下してさぁ。だけどナニ？　あんた、マサトくんに捨てられたんだって？　そりゃそうだよね。マサトくんはあたしの巨乳に骨抜きだもの。頭でっかちでド貧乳で魅力ゼロの、あんたみたいな女、誰が結婚するかっつーの。反省しなよ」

反省するのはお前だ！　魅力ないのはどっちだよ？　と突っ込みたいが、立ち聞きの分際ではどうにもならない。そして自分の醜悪さ、理不尽さを自覚していないクソ女は、それから二十分ほども同じような内容の罵倒を繰り返した。殴ったり蹴ったりするような音がしたら、その時こそはドアを破って突入しようと身構えていたのだが……。

ジャイアン女はようやく、ああいい気味と勝ち誇りつつバーンとドアを開けた。ドアに顔面をぶつけ、悶絶《もんぜつ》するおれを蹴飛ばして、意気揚々と帰って行った。

痛みをこらえて立ちあがったおれが部屋の中を覗くと……玲実さんは言葉も出ないほどに打ちのめされていた。

「あの……大丈夫っすか？」

思わず声をかけてしまった。人の心を持っていればこれを見過ごしには出来ない。彼女は部屋の中で、じっと俯《うつむ》いたまま動かない。ショック死してるんじゃないかと心配になったおれは部屋に入った。

「大丈夫ですか？　救急車でも呼びますか？」

そう言って、彼女の肩に手を掛けた瞬間、玲実さんは顔を上げておれを見ると、わっと泣き出して、いきなり抱きついてきた。

弱味に付け込む形はイヤだなあ、と思いつつ……おれは彼女と、なるようになってしまった。若い男女なんだから、これはもう仕方がない……と、なぜか内心で言い訳口調になるおれ。

しかしおれにも段々わかってきたのだが、こういうことは理屈でも言葉でもなく、要するにタイミングと状況とその場の流れが、すべてを決めるらしいのだ。

ぎゅっと抱きしめたら壊れてしまうんじゃないかと思うほど、玲実さんは華奢だった。

どちらからともなく気がついたら服を脱いでいた。彼女の必死な姿をみると、それはただひたすら人肌が恋しくて、という感じだった。もちろん「据え膳食わぬは……」という気持ちがおれになかったとは言わない。

目の前に彼女の柔らかそうな唇があって、今重ねなくてどうする、と言われているようだった。彼女がおれに躰《からだ》を預けてきたので、自然とそういうことになった。

こういうことは回数を何度重ねても、そのたびに緊張する。恋はいつでも初舞台、という歌詞があるけど、おれはいつでも初体験、というか童貞の気分が抜けない。

おれたちは、躰を重ねた。

彼女は……初めてではなかったが、そう経験豊富なようでもなかった。おれが躰のどこかに触れる度に、彼女はビクッと震えて激しく反応した。その反応が、とてもウブに感じた……などと、エラそうに言えるほどおれだって経験豊富じゃないんだけれども。

彼女の乳房は小さかったが、とても綺麗《きれい》なラインで美しかった。あのクソ女は「あんたには女の魅力がない」とかなんとか言っていたが、玲実さんには控えめながらも女性の魅力は充分にあった。その美しさは淡雪のようにはかなげで、丁寧に扱わないと脆《もろ》く儚《はかな》く壊れてしまいそうなものではあったけれど。

桜色の小さな乳首におそるおそる指で触れ、口づけすると、彼女は小さく「あ……」と言って躰をぴくりと反応させた。

ゆっくりと官能に火がついてくると……彼女はやがて強く反応を見せ始めた。細くて今にも壊れそうな躰がおれの下で激しく揺れるのは、なんだかアンバランスな感じがしてひどく刺激的だった。

前後左右に快楽を求めるように蠢《うごめ》く腰のくねりだけではなく、ぷるんぷるんと小さな胸が揺れるのは、淫靡《いんび》とさえ言えた。

おれも……ひどく興奮してしまい、激しく腰を突き上げた。

「あ！　あうううン」

不意に彼女が悲鳴のような声をあげたので、おれは慌てた。ここはホテルのように壁が厚いわけではないから音はかなり漏れる。それこそさっきの女があること無いこと言い立てたように、ラブホに使うと大変なことになる。しかし幸い今の時間は、お客さんはみんな観光の最中だし、じゅん子さんもあや子さんも……もちろん社長も居ない。

玲実さんの小さな乳房を下からそっと揉《も》み上げ、乳首を指に挟んでクリクリとくじってあげると、彼女は華奢な肩を震わせ、驚くほどに背中を反らせた。

「はあっ！」

玲実さんは熱い溜息《ためいき》をついた。

おれもたまらず、いっそう腰を突き上げた。

と……おれの身体《からだ》の芯から熱いモノがどろりと動き出し、出口を求めてゆっくりと流れ出す感覚があった。

「イっちゃうけど……」

玲実さんは小さく頷《うなず》いた。

おれはここぞとばかりに激しくグラインドし、イク瞬間に引き抜いて、玲実さんのお腹《なか》のうえに、思いの丈を放った。

「い。いいいい」

彼女も反り返ったまま凝固した。

やがてくたくたと力を抜き、おれの胸に顔を埋《うず》めた。

このまま、静かに横たわっていたかった。

しかし、階下から「ちょっとぉ〜！」という声がしたので、おれはハッと我に返った。

そうだ！　ここの従業員は今、おれ一人なのだ！

「ごめんね。仕事に戻らないと」

おれは玲実さんに謝ると、急いで服を着て「今行きます！」と叫びながら階段を駆け下りた。

　フロントで待っていたのは、例の木っ端役人だった。

「これ」

　と言っただけで書類をぐい、と突き出した。

「建築基準法に基づく、建物の再検査の通知書。きちんと読んでおくように。それからこっちもね。区内の宿泊施設に内々に出しているテロリストの手配書。彫りの深い顔立ちの男とバストがふくよかな女のカップルが宿泊した際は、必ず警察に一報するように」

　木っ端役人はそう言うと、逃げるように立ち去った。黒田社長に怯《おび》えているのだ。テロリスト云々《うんぬん》は該当するカップルがいないから良いとして、屋上露天風呂と火を入れることのない火鉢。

　この二点を、なんとか解決しなければ……。

　いや、その前に、おれは神経が参っているような玲実さんを放っておけなかった。彼女は、何も食べていない様子だった。お金がないとかダイエットしているわけではなく、心労でモノが喉を通らないのだろう。

「あの……もしよかったら、何か作りますよ？　男の手料理ですけど」

一応謙遜してみせたが、おれはここのオーナーが経営するレストランで以前コキ使われ、黒田がプロデュースした任俠《にんきょう》カジノでも調理を担当していた。多少、料理には自信がある。

おれは返事も聞かずに、玲実さんをキッチンにいざない、オムライスを作った。これなら嫌いで食べられないという人は少ないだろう。具はハムとタマネギとピーマンだ。

じゃじゃっと作って、卵に包むのも上手くいった。おれはこんな探偵社で奴隷のようにコキ使われるより、どこかの洋食屋で働いた方がマトモな人生をおくれるんじゃないか、そんな気さえする。

「さあ、どうぞ」

キッチンのテーブル席に呆然《ぼうぜん》と座っていた玲実さんだが、おれ謹製のオムライスを見て「わあ」と呟《つぶや》くと、青白い顔にかすかに赤みが差したように見えた。

「じゃ……遠慮なく」

スプーンを口に運んで一口食べた彼女は、「美味しい！」と言った。それからはぱくぱくと食が進んで、一気に完食してくれた。

食べ終わったあとのお皿を、彼女はじっと見つめている。

「あの……よかったら別のモノを作りましょうか？」

「あの、お腹が空《す》いてるんじゃなくて……このお皿を見てたんです。懐かしくて」

かなり古い、縁どりの金色がくすんだ平皿だ。白地に、赤とピンクとオレンジの、薔薇《ばら》の花柄が周辺にあしらわれている。

玲実さんはやがて顔をあげ、広いキッチンをしげしげと見渡した。その顔には完全に血の気が戻り、表情もほぐれていた。

「このお皿、知ってるんです。と言うよりも」

彼女は懐かしむように話し出した。

「このお皿で食べて育ったんです、私。だって、ここは私が住んでいた家だから」

建物も食器も家具調度も、ほぼ居抜きで買い取ったとオーナーは言っていたが、なんと玲実さんが生まれ育ったのは、まさにこの家だったのか！

「あ、宮原さんって……そういうことだったんですね」

「本当に懐かしい……このお皿も、この木のテーブルも椅子も、何もかもが……それに、階段の下にある、あの火鉢まで！」

玲実さんはキッチンの隅を指さした。

「あの火鉢に小さなお鍋をかけて、おばあちゃんがよく飲み物を作ってくれてたんです。ことことことこと、って。なんていうのか判らないんですけど、とっても甘くて美味しい……その思い出が今、わっと蘇《よみがえ》ってきて」

「ええと、それは、どんな？」

おれは彼女のために作ってあげたくなった。

「黒砂糖を牛乳に溶かして、バターと一緒に温めてました。おばあちゃんのオリジナルなのか、どこかでは有名なものなのか知らないんですけど……」

その説明を元に、作ってみた。黒砂糖は棚にあったし、冷蔵庫には牛乳もバターもあった。分量のバランスが判らないけど、まあこんな感じじゃないか、というものが出来たので、いつもこれで飲んでいましたと玲実さんが食器棚から取り出した、アルミのマグカップに注いだ。

「その時の味なのかどうか判らないけど……」

だが一口飲んだ玲実さんは、「これです！　この味なんです！」と感激してくれた。

「私が小学校から帰ると、よく作ってくれていました。小鍋をずっとかきまぜて、火鉢につきっきりで」

火鉢とおばあちゃん。そういえばおれが見た火鉢の傍に座っていたおばあさんは、身をかがめて、何かをかきまぜていたようにも見えたが……。

食器だけじゃなく、火鉢も残っていたからうれしかった、と彼女は顔を輝かせた。

「そうっすか？　物置にあった火鉢っすけど、うちのスタッフが、これはどうしてもここに飾らなくちゃダメだ、ここに置くのが正しい、と言い張ったんす」

おれは、あの時のあや子さんの強い主張を思い出していた。

「あそこに飾ったのは正解だったみたいっすね。とても気に入ってくれてるお客さんがいて……いつも傍に座っているし。灰色の着物を着た、優しそうなおばあさん」

玲実さんは目を見張った。

「ちょうどそんな感じでした。私のおばあちゃんも。そんな方もここに泊まっているんですか？」

会ってみたいな、と玲実さんは言った。

「あのね……実は……」

彼女は言いにくそうに話し始めた。

「私、両親が相次いで亡くなったり、借金がたくさん残っていたり、思い出がたくさんあるこの家を売るしかなくなったりで、追い詰められた気持ちだったんです。

おまけに幼馴染みの彼にまで振られてしまって」

例の女が「あんたはマサトに捨てられた」とか言っていた件か。

「振られただけならまだ良かった。でも、その元カレが、おばあちゃんの家が売れたことを聞きつけて」

ヨリを戻そうと露骨に迫ってきたのだという。

「お金目当てなのがバレバレじゃないですか。それでいっそう落ち込んで、何もかも終わりにしたいと思ってしまって……」

でもその前に、しあわせな思い出の詰まったおばあちゃんの家を、ひと目見ておきたかった……。

「それで通りにずっと立っていて、こちらに泊めていただくことになったのですけれど」

そこから先のことを、彼女は言葉にするのを逡巡《しゅんじゅん》した。

「ツイッターで知り合った人に、いろいろ話を聞いてあげるって、前から親切に言われていて、つい、この民泊の場所を教えてしまったの」

「絶対ヤバいっすよ、そんな男。会わないほうがいいっす」

おれは自分でも驚くほど力説してしまった。玲実さんのことが心配だったからだ。

「人生まだまだこれからじゃないですか！　とか、おれが言っても説得力全然無いけど」

そんなことを口走ったおれに、彼女は柔らかな笑みを浮かべた。と、思ったら、また暗い顔になった。

「でも……約束してしまったんです。不思議なんだけど、なんだか、その人が書いてくることには逆らえなくて。いつの間にか言うことを聞いてしまっているの……あ、そうだ！」

彼女は急に慌て始めた。

「あの……この近くにＤＶＤレンタルショップありましたよね。ホラー映画を借りないと」

玲実さんはホラーが好きなタイプには全然見えないんだけど。

「そんなに落ち込んでいるときにホラーなんて観《み》ないほうがいいっすよ。おれが録画したＭ－１グランプリとかどうっすか？」

「いえ、どうしてもホラーを観なくちゃならないんです。今夜の、午前二時に」

彼女は、あるサイトに登録したばかりで、そこで指示されたとおりの行動を取らなければならないのだ、と言った。

「あの……ほかにはどんな指示を？」

「大したことじゃないんです。小学校からの友達を全部思い出して、連絡が取れても取れなくても、一人ずつに絶縁メールを書くとか」

「なっなんでそんなことを……友達大事じゃないっすか！　お金とかに換えられない大切なものじゃないっすか」

おれには友達は一人もいない、というか、いないに等しい。それでも友達がいればいいなと思うし、友達がいる人は羨ましい。それなのに……そんなに大事なものを、彼女はあっさり切り捨てようというのか……。

「いいんです私なんか。みんなも多分、縁を切りたいって思っているだろうし」

そんなことはない絶対にないとおれは力説したのだが、彼女は頑《かたく》なだった。

「よく考えられたやり方なんです。最初は縁の薄い友達から始めて、だんだんと、もっとよく会ったり、やりとりのある人たちとも縁を切っていって……」

やりやすいところから始める。これはとっても合理的な方法だと思う、と彼女は言った。

「そうやって馴らしていけば、最後には難しいことも意外に抵抗なく出来るようになるって。たとえば……私にはもう両親もいませんし、おじいちゃん、おばあちゃんも死んじゃったんですけど」

たったひとり残ったきょうだいとも、このやり方でなら絶縁できる、と彼女は言った。

おれには訳が判らない。おれにだって家族はいる。おやじにおふくろに姉貴もいるが、はっきり言って進んで会いたいと思うような人たちではない。だからと言って、わざわざ縁を切るか？

だけど彼女はこう言った。

「ものごとをシンプルにするために、しがらみを切って行く必要があるんです」

その時は、彼女が登録したサイトや、会いたいと言っている人物は自己啓発系とか、断捨離とか、その手のものに関係しているとしか思わなかったのだが……。


その夜。

今日チェックインした客も外出していた人たちも、宿には全員が揃っていた。日本通のゴンドルフ夫妻はここが気に入ったようで長逗留《ながとうりゅう》して東京中を観光してるが、ほかのお客はほぼ一泊単位で入れ替わっている。……いや、中東系のお客さんも、ここのオープン以来ずっと滞在しているのだが、時々外出する以外はずっと部屋に籠って物音も立てないので、存在を忘れてしまいそうになっていた。

とにかく、お客が全員寝静まった、深夜。

昼間の掃除にフロント業務、そして深夜の見回りと、おれは二十四時間体制で働かされている。じゅん子さんは全体のチェックと買い出し担当だし、あや子さんは相変わらず「近所の取材」と称して食べ歩いている。最近は地元を網羅し尽くして、浅草や北千住《きたせんじゅ》まで足を延ばしているらしい。黒田は酔っ払った時だけやってきて、事務所のソファで高イビキだ。東京に住むところがあるじゅん子さんとあや子さんはそこから通ってくる。

住み込み状態のおれはと言えば、昼は各部屋の清潔を維持し、夜はお客の眠りを安らげ、自由と責任の名において、日夜活躍する名もなき男……。それは、おれだ。「ザ・ガードマン」のテーマソングを口ずさみながら懐中電灯を手に、館内の見回りをしていた、その時。

音もなく階段を上がって屋上に向かう玲実さんの姿を見つけた。

裸足《はだし》のまま音もなく階段を上る姿に、言うに言われぬヤバイものを感じたおれは、足音を忍ばせて後を追い、屋上に続く扉を開けた。

玲実さんは手すりの隙間を抜け、建物のフチに座り込んでいた。外を向いて手を後ろに置き、ふらふらと足を揺すっている。ちょうどそこは鉄製の手すりが錆《さ》びついて取れてしまい、修理をお願いしている箇所だった。

しかも彼女は、徐々に徐々に、本当に判らないくらいの微《かす》かな動きで、建物のフチからお尻を前にずらそうとしていた。じりじりと躰を前に、建物の外に向かって進めているのだ。

血の気がまさに、バリバリと音を立てて引いた。

このままでは……落ちて死んでしまう！

助けるにはどうすればいい？　うかつに手を出したら驚いて玲実さんは逆に飛び降りてしまうかもしれない。しかし、もはや一刻の猶予もならない。

おれは玲実さんの斜め後ろからそろそろと近づいた。ばくばくと激しく打つおれの心臓の音さえ聞こえてしまいそうだ。足の震えがとまらない。

後ろに突いていた両手を玲実さんが建物から離した瞬間、おれはダッシュしてその左手首をしっかり摑《つか》んだ。と、思ったのだが……。

玲実さんは悲鳴を上げて驚き、そのはずみで、ほんの僅かに建物のフチにかかっていた腰がずり落ちて、全身が宙に浮いてしまった。

玲実さんの華奢な躰は、今や建物の屋上から転落寸前だ。彼女の命を繋ぎ止めているのは、おれだ。彼女の手首を摑んでいる、おれの手だけしかない。

おれを見上げる玲実さんの表情には、あからさまな恐怖があった。その目は張り裂けそうに見開かれている。

「いや……怖い……やっぱり、やっぱりまだ死にたくない。助けてっ！」

おれは必死になって玲実さんを引っ張り上げようとしたが下手《へた》をすると、おれもバランスを崩して彼女と一緒に落ちてしまいそうだ。

三階建てだから助かるかも……いや、打ち所が悪くて半身不随になるかも……など、ありとあらゆる悪い想像が頭に渦巻いた。

が……その時、横からスッと手が伸びて、バンザイ状態だった彼女の右手を摑んだ。

「モウ、ダイジョウブ！」

それは、部屋に籠りっきりだった中東系のお客だった。怪しい逃亡者か、もしかして……と思ったのだが、悪い人ではなかったようだ。

二人がかりでおれたちは玲実さんを屋上に引っ張り上げる事に成功した。

「ヨカッタ。アナタ、タスカッタ」

おれたちは安心して、へたり込んだ。玲実さんは激しく泣きじゃくっている。

「ごめんなさい……ご迷惑をかけてしまって」

「あの、もしかして、玲実さんは死のうと思ったんですか？　すべてを整理して、最後に自分も整理しちゃう、みたいな……」

おれの問いかけに、彼女は頷いた。

「屋上のフチに腰掛けるって、もしかして、例の、ネットの男の指令だったりして？」

それにも彼女は頷いた。

「そういや、『最後には難しいことも意外に抵抗なく出来るようになる』ってそいつは書いてきたんですよね？　それって……」

おれがそこまで言った時、中東系のお客が流暢《りゅうちょう》な日本語で訊いた。

「ネット？　ソレ、『ブルーホエール』チガイマスカ？」

「そうです！　ブルーホエール、ご存知なんですか？」

玲実さんは驚いた勢いなのか、そのまま素直に答えた。

「さっきお話ししたように、人生の構成要素を着実に処分していけという指令が出て、その終着点が……いろいろあって、つらいことばかりで追い詰められて、私、死にたかったんです」

ロシアの自殺誘導サイト「ブルーホエール」日本版を主宰する男は、彼女と「一緒に死んであげる、苦しみもなく、『向こう側』に渡してあげる」とか「僕の言うとおりにすれば、スムーズに、なんの苦痛もなく、新しい世界に導いてあげるから」というやりとりをしていたらしい。

「でも、玲実さんはこの家に来て……」

生まれ育った家を改造したこの民泊に来て、彼女は明らかに癒されていたはずだ。なのにどうして？

ずっと目を伏せていた玲実さんは顔を上げておれを見た。

「そうなんです。あなたと出会って、ごはんを食べて、ここが大切に使われてるって判って、急に、今まで私、なに考えてたんだろう、なにを思い詰めたんだろうって」

「じゃあどうして！」

思わず悲鳴のような声で訊いてしまった。

「ごめんなさい……自分でもよく判らなくて」

「ソレハデスネ、ブレインウォッシュ、洗脳ガ、ソウイウモノダカラ」

死にたくなくなっても、洗脳の影響は後まで、かなり後まで残るのだと、中東系のお客はハッキリと言った。

「お客さん、その方面の専門家なんですか？」

「マア、ソノヨウナモノデス」

洗脳を受けた人たちは、これまでにたくさん見てきているから、とそのお客は言った。


おれと中東系のお客の二人で玲実さんを部屋まで送り届けてからキッチンで少し話した。

「ワタシ、オマールトイイマス。成功トイウ意味デスガ、イマノ仕事、マダ成功シテイマセン」

お客は名前を名乗った。ネットの宿帳には記載されていたのけど、アチラの文字で書かれていたので読み方が判らなかったのだ。

やりとげなくてはならない仕事があって日本に来た、詳しくは言えないが人を探していて、今はネットでいろいろ連絡を取ったり、リサーチをしているとオマールさんは言った。

なるほど。だから部屋に閉じこもっていたのか。と、その時……。

おれの視界の隅に、突然、人影が出現した。キッチンの隅に、あの謎の老婆がひっそりと立っていたのだ。

「うわ！」

薄暗い中で、なぜかその老婆の姿だけがハッキリと見える。

思わず声を上げてしまったが、オマールさんは驚くおれを不思議そうに見ている。

「驚かせて御免よ」

老婆は優しい声でおれに語りかけた。

「だけど、あんたを見込んで頼みがあるんだよ」

「な、な、なんですか？」

返事をしたおれに老婆は真剣に頼んできた。

「あの子の部屋に行っておくれ」

「あの子って言われても、誰のことだか」

「何を言ってるんだい。あの子と言ったら一人しか居ないだろ。しっかりおしよ」

老婆はチャキチャキの下町言葉で喋った。

横にいるオマールさんは依然、不思議そうな顔でおれを眺めている。

「頼むよ。あの子は私の大事な大事な、可愛《かわい》い孫なんだよ。この家で、あの子の両親は店の仕事が忙しかったから、手塩にかけて育てたのは私なんだ。あの子が小学校から帰ってきたら、ほら、そこの火鉢で、必ずおやつを作ってあげて」

そこまで聞いたおれは、玲実さんが言っていた事を思い出して、ハッとした。

「あの子の両親は、建具屋があがったりになってから借金をこさえたり死んじゃったり、いろいろ大変でね……だから、あの子のことが不憫《ふびん》だし心配だし」

その言葉を聞くうちに、なぜかおれにも老婆の心のうちが、まるで我がことのようにに、ありありと感じられるようになった。

「玲実さんが危ない！」

おれは椅子から飛び上がった。それを見たオマールさんも立ち上がると、三階の玲実さんの部屋に駆け上がった。

「玲実さん？　玲実さん、ちょっと開けてくれないかな？」

他のお客さんの手前、あんまり騒げないが、ドアを何度もノックした。

すると……部屋の中からは、ゴソゴソする物音と低い呻《うめ》き声がした。

おれとオマールさんは、思わず顔を見合わせた。

「オカシイデス！」

オマールが言い、おれはノブに手をかけた。

ドアはロックされていて開かない。こうなったら体当たりするしかない。

おれたちはせーのでドアに体当たりして、突入した。すると……。

目の前には驚くべき光景があった。

見知らぬ男が、玲実さんの首を絞めているではないか！

玲実さんの顔は鬱血し口から舌が出ている。

「ヤバイ！」

おれは反射的に、首を絞めている男に突進した。

「お前か！　洗脳男は！」

その男は窓にぶつかってガラスが割れ、その破片で顔を切った。

「この野郎！」

生まれて初めて、キレた。

おれは、頬を切って血を流し始めた男を思いっきりぶん殴った。

二発、三発と殴ったのだが、憎らしいことに男はニヤニヤしておれを睨み返してきた。

「バカは仕方がないな。話をする前に暴力か」

「玲実さんの首を絞めて殺そうとしたクソ野郎に、何を話す事がある？」

こんなにキレて、誰かをゲンコツで殴ったことは生まれて初めてだ。たぶん、初めてだと思う。きっとそのはずだ……。何しろ今までのおれはもっぱら殴られる側で、ぶん殴る役目は社長の黒田の担当だったんだから。

「モウ、イイヨ、アナタ」

なおも殴ろうとしたおれの腕を、オマールさんが摑んで、止めた。

「コノヒト、ワタシガミテル。アナタ、119ト、110ニデンワスルネ」

「わ、判った！」

玲実さんはゲホゲホと咳《せ》きこみながら倒れ込んでいる。

だが階段を駆け下りて一階に行くと、そこでも黒田が乱闘しているではないか。

「ちょちょちょ、ちょっと待った！　社長！　どうしたんですか！」

「どうもこうもあるかい！　このケッタイな男がウチを覗き込んでワケの判らんことを言うてくるし、追っ払おうにもお前はおらんし、あげく入ってこようとするしやな」

「だからって殴るなよ、おっさん！」

黒田に押さえ込まれた男はボコボコにされて顔が腫れている。それでも彫りが深くて眉毛が濃く目の大きい、いわゆる濃い顔の、そこそこイケメンであることはわかった。

「おれは、ここに泊まってるおれの女……宮原って女に会いに来たんだよ！」

「こんな夜中にかい！　どうせ夜這《よば》いでもしたろ、思て来たんと違うんか？」

黒田社長が男をしっかり捕まえているので、おれは警察と救急車を呼んだ。

「ポリ公と救急車て、お前、なにがどないなっとるんや？」

どこから説明したらいいか迷っていると階段を玲実さんがよろよろと降りてきた。

「あ！　玲実！　おれはコイツに会いに来たんだよ！」

黒田に羽交い締めにされた男が喚いた。

その男の顔を見た玲実さんは、どうしようもない、というような心底疲れ果てた顔になり、フロント前のソファに座り込んだ。

「私の元カレのマサトです。私を棄てたくせに、この実家が売れたと知ってヨリを戻そうって……お金目当てなんです」

「ちげーよ！　おれに必要なのはお前だけだ。やっとそれが判ったんだ」

「ウソ言わないで！　あの女……私をずっといじめてたミハルに乗り換えたくせに。私、ひどいことを言われたのよ」

あの糞《くそ》ビッチはミハルという名前だったのか。おれも玲実さんに加勢した。

「そうっすよ。その女、玲実さんを侮辱して、彼はあたしの巨乳に骨抜きだとか……その、玲実さんのバストがちょっと……あれだとか好き勝手なことを」

「飯倉さん、いいんです。私に気を遣ってくれなくても。ミハルは言ったんです。マサトくんはあんたの貧乳にうんざりしてあたしに乗り換えたんだって。ホワイトボードにマグネットみたいなあんたのバストじゃ、マサトくんのを挟んであげることもできないよねって」

つつましやかな玲実さんがこんなことを言うなんて……おれはショックを受けたが、それだけダメージが大きかったのだろう。

玲実さんの声が掠《かす》れているので、おれは事務所の冷蔵庫から缶ジュースを持ってきて、彼女に差し出した。その間にも二股男のマサトは見苦しく言い訳をしている。

「だからそれはミハルが勝手に言ってることだろ？　おれは嫌だったんだよ、あんな女。巨乳を自慢にしてるけど、脱がせたらど～んと太くて、バストもウェストもヒップも全部同じでよう、お前はツチノコかと」

「ああ？　誰がツチノコだって？」

事務所のガラス戸をがらり、と開けたのは、まさにその糞ビッチ・ミハルだった。

「あたしが挟んでやったらあんた泣いて喜んだじゃんよ？　やっぱ巨乳はイイ、玲実と比べたら月とスッポン、サクサクつながる月初めと速度制限の月末だって。テキトーな嘘《うそ》ぶっこいてんじゃねぇよ！」

　思わぬ邪魔が入った二股男は顔を真っ赤にして怒った。

「うるせ～気の毒だから言わなかったけどな、てめぇのアソコはガバガバでイクのに苦労したぜ。一体何人の男とヤッたんだよ？」

　それからは目も当てられない罵り合いになった。やれあそこがユルい臭い、いやてめえが粗チンなだけだ、ちょっと顔がいいと思って調子こいてんじゃねえなどと、聞いているおれのＩＱまでが下がりそうな勢いだ。

　結局、二股男マサトの一言が勝ちを制した。

「だいたいおめえはキョーヨーがねえんだよ。喋り方とか物の食い方とか、全部に品がねえしな」

　お前がそれを言うか。

「玲実はそこが違うんだ。上品なんだよ。学歴なんてどうでもいいと思ってたが、やっぱ高校中退のお前と、旧帝出てる玲実じゃ比べもんになんねえ、それが判ったんだ」

　そのひとことがなぜかミハルを打ちのめしたようだ。

「マサトのバカぁ！　ひどい！　そこまで言わなくたって……」

絶叫と、あとは泣きわめく声と、ゴメンちょっと何言ってるか判らないレベルの罵声が続いて、ミハルは逃げて行った。最後にひと言「差別は許さないからね！」と言い残して。

「ヤレヤレや。あのねえちゃん自分でも貧乳差別しよってからに、どの口で言いよるねん」

「社長、言葉に気をつけてください」

普段なら恐ろしくて反論するなど思いもよらない黒田におれが言い返せたのも、玲実さんが気の毒だというその一心からだ。だが。

「いいんです。飯倉さん。……だって私が貧乳なのは……事実だから」

淋《さび》しく笑う玲実さんに、おれも胸が痛くなった。その時。

ウ～ウ～ウ～とサイレンを鳴らしながら、ようやくパトカーがやってきて、制服警官と刑事が降りたった。

「遅いがな。どんだけ時間かかっとんねん。……おや、氏政《うじまさ》はん、あんたでっか？おひさしぶりでんな」

面長で、釣り上がった目にヤバい光を宿している、社長と知り合いらしいこのヒトは……思い出した！　以前おれと社長と依頼人のお嬢様とその元カレを一網打尽に殺人、ならびに死体遺棄の冤罪《えんざい》でパクった、思い込みの激しい刑事さんだ。

「氏政はん、その後どうでっか？　誤認逮捕の人数は順調に伸びてまっか？　桜田《さくらだ》門《もん》からここの所轄に飛ばされたんとちゃいますか？」

「うるさい。この宿にテロリストが潜伏しているとの通報があった。これからガサ入れをする。爆弾処理班もじき到着する」

爆弾？　テロリスト？　なんだか話が違う。

そこにふたたびガラス戸があき、あや子さんが入ってきた。今夜も、これでもかという薄着で、たわわな胸がピタTからこぼれそうだ。

「おっは〜ってまだ早いか。こないだ言ってた居酒屋さん、お土産《みやげ》を持たせてくれたの」

油染みができた茶色い紙袋をぐい、とおれたちに差し出した。

「名物のバクダンだよ〜」

「なに？　爆弾？　さては貴様がテロリストだな！」

決めつけると同時にあや子さんに飛びかかる氏政刑事、怒りの声をあげるあや子さん。

「ちょっとアンタ何すんのよ！　あっ……」

　あや子さんの手から紙袋が落ち、ボール状の揚げ物がころころと十個ほど床に転がった。

「どうしてくれんの？　せっかくのメンチカツを……弁償してよ！　やだっ！　痛ぁ～い」

「氏政はん、うちの従業員に何してくれてはるんでっか？　これ、特別公務員暴行陵虐罪でっせ」

　怒りを押し殺し黒田が抗議して刑事も遅ればせながら自分の間違いに気がついたようだ。

「いやしかし……区役所職員からの通報によれば潜伏しているテロリストは『巨乳の女』と『濃い顔の男』のカップルだと……」

　おれは手配書を思い出した。いい加減な通報をしたのは、あの、区から来た木っ端公務員に違いない。

「あっ、濃い顔のそこの男、さては貴様がテロリストだな！」

　謝りもせずにあや子さんから離れた氏政は、今度は二股男マサトに飛びかかって制圧した。

「いってぇよぉ〜、何すんだよぉ〜」

だが黒田に続いて刑事にボコられ制圧された二股男を助ける者は誰もいない。

二股男は結局、やってきた二台目のパトカーに乗せられ、家宅不法侵入未遂の現行犯逮捕ということになった。

救急車もやってきて、救急隊員が玲実さんの脈などのバイタルを手早くチェックした。

「一応、病院で検査しましょう」

と、玲実さんが救急車に乗せられようとしたところで、氏政刑事が訊いた。

「つまりアナタを殺そうとした被疑者が、上の部屋に居るというんですね？」

ハイ、と玲実さんは頷いた。

あ、そうだ！

おれは一番大事なことを思い出した。

「ここのお客さんに協力して貰って、取り押さえてあります」

「そいつだ！　そいつがテロリストに違いない！」

またも噴き上がる氏政刑事。だから通報は区役所の職員によるイヤガラセだというのに。

だがおれは心配になった。「濃い顔の男」といえばオマールさんが該当する。思い込みの激しい刑事は中東系というだけでテロリスト認定してしまうんじゃなかろうか？

だだだだっと急な階段を駆け上がる刑事を追って、おれも三階へと走った。

玲実さんの部屋に飛びこむ刑事さんのうしろから、おれは叫んだ。

「その人はテロリストじゃないっす！　むしろ玲実さんを助けてくれたイイ人で」

玲実さんの部屋では、ベッド脇にある電気スタンドのコードで殺人未遂男が後ろ手に縛られていた。その上からオマールさんが馬乗りになっている。なんという手際の良さ。やっぱりこの人は……もしかして？

「ああ、オマールくん、きみか」

意外にもフレンドリーな氏政刑事の口調におれは驚いた。

「氏政サン、ココハチガッタヨ。ワタシタチノターゲット、ココニハイナイ」

「そのようだな。その男は濃い顔ではなく、いわゆる草食系の顔立ちだしな」

オマールさんはインターポールの人間で、協力して捜査に当たっていたのだと氏政は語った。

「コノヒト、テロリストデハナイ。デモ、オンナノヒト、コロソウトシタ」

「判った。逮捕する。ほら立て！」

「違う、殺人未遂なんかしてない！　おれは、あの女に頼まれただけだ。ただの自殺幇助《ほうじょ》だ！　合意の上だ」

男は激しく抵抗し始めた。しかしオマールさんが電気コードをぐいと引き、無理やり引っ立てると殺人未遂男はおとなしくなった。

「い、言いたいことは警察で言え」

おれが精一杯凄むと、相手は「判ったよ」と投げやりに呟いた。

「要するにお前は自殺請負人を自称するクソ野郎ってことか。お前の件についてはおれも聞き及んでいる。今まで尻尾《しっぽ》が摑めなかったんで警視庁が歯ぎしりしてたってな。しかし今回は協力機関のスタッフによる現行犯逮捕だ。立派な殺人未遂だ。これから所轄署で、じっくりと余罪を吐いてもらおうか」

そう宣言したあと氏政刑事は、オマールに満面の笑顔で握手を求めた。

「有り難う友よ！　恩に着るよ！」

氏政は握手を交わした後、オーバーな態度でオマールと固く抱き合った。

「逮捕協力の警視総監賞を申請するよ。本筋の捜査もこの調子で頑張ろうじゃないか！」

「ソノトオリ！　洗脳ヲサレタテロリスト、ハヤク、タイホシナイト」

氏政とオマールは旧知の友人のように喋っている。

「あんたら黒田組には改めて話を訊くから」

「わしらカタギやど。黒田組やら言うたらあかんで！」

黒田が吠えた。

＊

数日後。

大事をとって入院していた玲実さんが退院して、宿に挨拶に来た。

「すべてスッキリしたので……この際、東京を離れて、違う土地で人生をリセットしようかと思って」

玲実さんはおれに手を差し出した。

「え？　もしかして？」

私と一緒に来てくれますか？　と言われるんじゃないかとおれはドギマギした。

「お誘いは有り難いのですが、ボクにはこの宿やブラックフィールド探偵社の仕事がありますので……」

カッコよく断ったつもりだが、「あの……何のことでしょうか？」と玲実さんが首を傾げたので、ただ握手を求められただけだと判っておれは赤面した。

「飯倉さんでしたっけ？　あなたは命の恩人です。本当に感謝しています。あなたが居なければ、私はこうして生きていなかったかも」

「飯倉はそんなかっこええ人間やおまへん」

おれの横に居た黒田が口を挟んだ。

「そこでちょっと質問があるんやが、あんたを殺そうとした、自称自殺請負人やが、どないしてこの建物の中に、誰にも気づかれんように入れたんや？　ウチの防犯体制に関わる事やからな、聞かせて貰いたいんや」

「それは……」

玲実さんはおずおずと説明した。

「あの男の言いなりになってしまったのは私の落ち度です。『ちょっとだけ、顔を見て話すだけでいいから。せっかく遠くから来たのに』とあの男に言われて、『ちょっとだけなら……宿の人には駄目だと言われているけれど』って。ここは私の実家だから、裏の非常階段から、誰にも見られずに建物の中に入れるルートを知っていたので……申し訳ありません」

それを聞いた黒田はおれを怒鳴りつけた。

「こら飯倉！　なんでお前はその裏ルートを見つけて遮断せんかったんや！」

「あ、飯倉さんを責めないでください。私が悪いんですから」

玲実さんは、「それでは私はこの辺で」と頭を下げて帰っていこうとした。

「あ、ちょっと待って」

おれは、どうしても一言言いたかった。

「あなたを助けたのは、おばあさんですよ。本当の命の恩人は、おばあさんなんですよ」

そう言ったおれを、玲実さんはしばらく黙って見つめていた。

彼女に正面から見つめられて、おれはドギマギしてしまい、自分でも判るほど耳まで真っ赤になった。

「やっぱり……そうだったんですね。ここにチェックインしてからずっと、おばあちゃんが私の傍にいる、そう感じていたんです」

ありがとうございました、と頭を下げた玲実さんは、足取りも軽く駅に向かって歩いて行った。おれはそれを見送るだけだ。

「オマエ、ナニ意識しとるんや。アホか。あのヒトがお前に惚《ほ》れるわけないやろが」

この大騒動で、客足が遠のいてしまうか、と心配したのだが、それは杞憂《きゆう》だった。

むしろ、「座敷わらしのようなおばあちゃんに会える」「癒しのパワースポット」「悪縁断ち切り宿」という評判がネットで広まって、千客万来商売繁盛。毎日予約で満室という大盛況になった。

難癖をつけていた区の木っ端役人はいつしか姿を見せなくなり……そして、階段の下の火鉢に当たっていたあのおばあさんも、あの夜以来、姿が見えなくなってしまった。

あのおばあさんは、孫娘が立ち直ったのを見届けて安心したのかもしれないし、元の自分の家が大勢のお客で賑《にぎ》わっているのが嬉《うれ》しくて、心残りなく成仏できたのだろう。きっとそうだ。

「だから言ったじゃん？　アタシには霊感があるからこの宿の守り神のおばあちゃんが見えたんだよ」

あや子さんは自慢げだ。

「ほななにか？　このアホンダラの飯倉にも霊感があるちゅうことか？」

黒田が混ぜっ返した。

「ワシには見えんかったで」

「私も見ていませんし、オマールさんも見えなかったと言ってましたけど？」

じゅん子さんも黒田と同じことを言う。

しかし、おれには見えたし、おばあさんの声も聞いたのだ。

あのおばあさんは姿を見せなくなったけど、どこかでここを見守ってくれている。

そして玲実さんのことも見守っている。

おれはそう信じている。

# 第二話　ブラックミステリー急行殺人事件

ＪＲ上野《うえの》駅の十三番線と言えば、かつては「北斗星《ほくとせい》」や「カシオペア」など数々の歴代夜行寝台特急が発車した由緒あるプラットフォームだ。

今、そこでは特別列車が発車を待っている。

先頭にはヘッドマークをつけたＥＦ５１０形電気機関車が誇らしげに鎮座して、八両編成の客車を従えている。いずれも昔懐かしブルートレインの、状態のいい上級車両を厳選して編成したものだ。以前の定期運行していた寝台特急よりも高級感があり、格式も高く感じる。ただし、最後尾の二両を除いては。

「只今《ただいま》十三番線に停車中の列車は全車両貸切りの特別企画列車『リゾート急行ブラックミステリー号』です。行く先は秘密のミステリー列車となっております。この列車へのご乗車には特別な乗車券が必要です。お持ちでない方はご乗車できません」

構内に響き渡る特別アナウンス！　鉄ちゃんならずとも旅行好きならワクワクす

るじゃああ~りませんか。

食堂車には山のような食材が積み込まれているし、車内整備の作業員も列車の清掃・整備と言うよりはホテルの客室係のように、リネン類をワゴンに満載している。

十三番線には超豪華列車『四季島《しきしま》』専用の特別待合室や専用プラットフォームもあるが、この列車に乗るお客さんたちは使えない。続々と集まってきた乗客たちはプラットフォーム前方に仮設されたサロンに向かっている。大きな荷物は既に運び込まれているので、着飾った乗客はほぼ手ぶらだ。

「『リゾート急行ブラックミステリー号』のご乗車まで、もうしばらくお待ちください」

またもや構内に誇らしげに響き渡るアナウンス！　おれ・飯倉良一《いいくらりょういち》もウキウキしてきた。

「こら飯倉！」

だがそこで凶悪なご面相の大男が、おれの後頭部をはたいた。社長の黒田《くろだ》だ。このヒトは通常の挨拶も常に「こら」で始まる。

「お前がウキウキワクワクしてどないするんや！　オリエント急行に乗るような顔してからに！　お前は客やのうて小間使いやで！」

ええか、と社長はおれの両肩を物凄《ものすご》い力で摑《つか》んで、言った。

「このミステリーツアーには我が社の社運が掛かっとる。皇国の興廃この一戦にあり。各員一層奮励努力せよ、ちゅうこっちゃ」

黒田が社長を務めるおれたち「ブラックフィールド探偵社」は、きわめつけにヤバい相手の虎の尾を踏んで北関東の田舎町《いなかまち》に逃げ、温泉からカジノまで手掛けていたのだが、ほとぼりが冷めたところで東京に舞い戻った。民泊運営の下請けをしたのが縁で、今回も、このミステリーツアーに一枚嚙《か》んでいる。

集客だけならラクだったのに、儲《もう》け話にすぐ目が眩《くら》む黒田が欲を出し、二両分の個室を買い取って自社ツアーとして売ることにした。その途端に面倒くさいことになった。

「コストを抑えて儲けを出すんや！　この最後尾の二両はワシらブラックフィールド旅行社の借り切りで独立採算や。削れる費目をぜーんぶ削らな儲けは出んデ！」

ハッパをかけられて、我が社の頭脳である経理他よろずの担当のじゅん子《こ》さんがコストカットに大ナタを振るった。

万年使いっ走り扱いのおれがレストランでのバイト経験を買われて食堂車の担当になり、社長の愛人兼もう一人のスタッフであるあや子《こ》さんは客室係だ。

というこどで、おれはいわゆるボーイさん、じゅん子さんは車掌さん、あや子さんはメイド服のコスプレをしている。黒田はいつもの革ジャンではなく黒のタキシード姿でパーティのホストのような格好、おまけに何故か両端がピンと立った付け髭《ひげ》まで付けている。

「ほれ、ヨロズ承り、最初の仕事やで」

中央改札の方を見ると、手に手にカメラを持った大群が一斉に押し寄せてきた。最強の攻撃的無法者集団・撮り鉄だ。

「ハイご乗車のお客様ではない方は、ここから先には入らないでください。入らないで。入ってはダメです。入るな！」

良い写真さえ撮れればなにをやってもいいと思い込んでいるヤカラが多い撮り鉄たちは、おれの制止なんか聞きもしない。怒号とともに我先に押し寄せると、「邪魔だ！」と罵声を浴びせつつ車両の写真を撮りまくる。

「な、なんすかこいつらは？　この列車がそんなに珍しいんですか？」

乗車扉まで押し戻され、絶え間ないストロボ光に怯《おび》えるおれに黒田が言った。

「今となってはヴィンテージのブルトレ車両に、オリエント急行風の改造を加えた珍しいものやからな。連中の目の色も変わるわな」

「だから私が、あれほどセキュリティ関連予算はカットしないほうが、と言ったのに」

じゅん子さんもうんざり顔だ。

確かに、ウチが管理する二両以外には屈強な警備員がいて、力尽《ちからず》くで撮り鉄たちを追い払っている。

「ええねんええねん。どうせすぐ出発や。あの撮り鉄のにいちゃんやらおっさんらは全員駅に置き去りや」

それにやな、と黒田はニヤついた。

「それにこの列車はミステリー・トレインや。行き先も停車駅も一切公表されとらんから、にいちゃんらが追ってくる心配もない」

この特別列車は最新のＡＩ技術を導入して、ＪＲのダイヤの間隙を縫い、空いている線路をリアルタイムに検索して進行するという「行く先はＡＩだけが知っている」ツァーが売り文句になっている。もちろんそれは建前で、実際にはルートも行き先も既に決まっているらしいが下っ端のおれは知らないし、当然、公表もされていない。「行き先不明」なのは鉄オタ対策でもあるのだ。

発車時間が迫ってきた。我が社が扱う車両は、一人用と複数用の個室からなるコンパートメント車両と、最後尾にあたる食堂車の二両だ。コンパートメント車両の前方にはトイレとシャワーと洗面所と車掌室、後方の食堂車との間には我々四人のためのスタッフルームが挟まっている。

おれたちのお客さんはガードマンに守られた前方車両の乗降口から乗車し、続々とこの最後尾の二両に歩いてきた。

「連結部分の扉を使うのは今回限りや」

と、社長が大仰な鍵を見せた。

「普通車とグリーン車を分けるドアと同じ。発車したら非常時以外、乗客が勝手に行き来でけんようにする」

さっきの準備中に前方の車両を観《み》に行ってみたのだが、ウチが扱う最後尾二両よりも車両の造りが明らかに豪華で、乗客も見るからに裕福そうな感じがした。

「いわばワシらが運用するこの二両は、本格推理小説風に言うならば、密室や。スタッフとお客さんらでこれから三日間、余人を交えず、アットホームなおもてなしをするんやで」

しかし、おれにはどうもこの二両がハイソでセレブな前方車両から排除されているようにしか思えない。

真っ先に乗り込んできたのは、色っぽい女のひとだ。熟女、美魔女という言葉にふさわしく、高価そうなスーツを身につけて、いかにも楽しげな雰囲気を振りまいている。

「三科恵留《みしなえる》さまですね。ご乗車有り難うございます」

乗客名簿をチェックしながらじゅん子さんが一礼した。

「お世話になります。これから三日間、どうぞよろしくね。ああ、ワクワクするわ！　豪華列車の旅、ずっと憧れだったのよ」

「申し訳ありませんが、お持ちの携帯やスマホ、タブレットをお預かりします。携帯電話を使わないのがコンセプトのミステリーツアーですので」

「なんだかローカル路線バス乗り継ぎの旅みたいね」

そう言いながら三科さんは機嫌良くガラケーをじゅん子さんに手渡した。

三科さんのあとからやってきた中年の男性客が彼女に馴《な》れ馴《な》れしく話しかけた。

「加瀬《かせ》と言います。お一人ですか？」

突然話しかけられて振り返った三科さんの表情が一瞬強《こわ》ばったのにおれは気づいたが、彼女はすぐに輝くような笑顔を取り戻した。

一般的な美人の基準から言えば三科さんの口は大きすぎるし、目と目のあいだも離れすぎているけれども、そのファニーフェイスが笑顔の明るさとあいまって、猫のような魅力を醸し出している。

素敵な人だなあ、とおれは思った。

だが、加瀬という男は対照的に、暗くてじっとりと湿度の高い雰囲気を身に纏《まと》っている。その男がなおもしつこく三科さんに話しかけるのを見ているうちに、おれははっきりとこの男に反感を持ってしまった。

「いや、不躾《ぶしつけ》なことを聞いて申し訳ない。しかしですね、あなたのような美しい方が一人旅だとしたら実にもったいない」

「何をおっしゃるのかしら？　あなたはご家族と一緒にご旅行なのじゃございませんか？」

たしかに、この加瀬と名乗る男はコンパートメントを二つ予約している。妻と息子がいるはずだが、その二人は今何処《いずこ》？

「いかにも私には妻と息子が同行しておりますが、そんなものはいちいち気にすることはないのです。誰が食わせてやっているんだって話です。この旅行に連れてきてやっただけでも、やつらは感謝すべきなんだ」

なんだこいつは。高度成長時代の遺物か？

すでにおれはどん引きだ。この手の男が大嫌いなじゅん子さんの表情は想像するだけで怖《おそ》ろしいので、確認する勇気が出ない。三科さんも少し眉をひそめたが、「まあご冗談ばかり」と流すことに決めたようだ。

しかし男は諦めない。

「いや、決して冗談などではありませんよ。古女房とクソ餓鬼なんぞはどうでもいい、私はぜひあなたと食事をしたいですな。おい、そこの君」

いきなり話を振られておれはキョドった。三日履いた靴下の臭いを嗅いだような表情を見られなかっただろうか。

「おい、君。今夜のディナーだが、テーブルの予約は一つではなく二つにしてくれたまえ。女房と息子に一つ、そして私とこちらのご婦人用にもう一つだ」

そんな事を言いながら、加瀬は自分の個室を覗《のぞ》くと、おれにクレームをつけた。

「君、私の荷物はこっちの部屋じゃない。隣の、広いほうに入れ直してくれ」

「はぁ？　けど奥さんと息子さんが来られるんですよね？　お二人が広いほうを使われるのでは？」

「馬鹿言っちゃいかんよ君。私が一人で広いほうを使うに決まってるじゃないか。

一家の稼ぎ手は私なんだぞ」

加瀬はなおもおれに文句を言った。

「なんだこの車両は？　ここに来るのに通ってきた前方車両と比べてずいぶんと貧相じゃないか。前の方の車両の壁は本物の木で、螺鈿《らでん》細工が施してあったのに、これはなんだ？　一応ロココ風に見えるが、白くてピカピカの壁はデコラ、金の飾りはメッキ、ランプシェードはプラスチックじゃないか！　場末のラブホテルかここは？」

「お客様はインテリアにお詳しいんですね」

「当たり前だ。そういう仕事をしてるんだ私は。海外からの客を接待するのも始終だ」

「はぁ……申し訳ないっす」と謝りつつ、おれは「仕方ないだろ、この二両だけは激安ツァーなんだから」と心の中で毒づいた。

じゅん子さんは加瀬のスマホを預かろうとしたが激しい抵抗に遭った。

「これは仕事で絶対に必要なのだ。私はビジネスで忙しいんだぞ！」

「それがこのツァーのキマリなので。ご旅行中は仕事を忘れて寛《くつろ》がれては如何《いかが》ですか？」

「私宛に大事な電話が入ったらどうしてくれるんだ？　え？」

加瀬はなおも抵抗した。

「その場合は即座に加瀬さまにお電話をお返ししますので、通話してくださって結構です」

じゅん子さんはそう答えたけど、たぶん放置される。客の携帯電話の管理はおれの仕事になりそうだし。

「あ、それと、申し訳ありませんが、加瀬さまの隣のお部屋との間のドアが壊れておりまして、開きません。ご家族と行き来する場合は一度通路に出ていただく形になります」

「それは全然構わんよ。古女房にクソ餓鬼の顔なんか見飽きているからな。まあ、いつもならクレームを入れるところだが……あんた美人だな。夕食の酒に付き合ってくれるのなら黙っていてやってもいいんだが」

「どうぞ問題にして下すって結構です」

じゅん子さんが物凄い目で睨《にら》みつけたので、加瀬は「いやいや冗談だよ」と引き下がった。

やがて、他の乗客も乗り込んできた。

年配の男性は学者風で、びん底眼鏡《めがね》に皺深《しわぶか》い顔で、ぶ厚い本を手にしている。その表紙にある、人間となんとかの倫理学というタイトルが目に入った。

「弦田治人《げんだはると》さまですね？　お部屋はこちらです。携帯電話をお預かりします」

じゅん子さんが案内した。この人の荷物は二つ、すでにコンパートメントに運びこまれているが、やたらに重いカバンのほうには、この手の本がぎっしり詰め込まれているのだろう。もう一つは対照的にやけに軽いが、扱いにくくれぐれも気をつけてほしい、割れ物が入っているから、と指示されていた。

次いで、目の覚めるような美男美女のカップルが入ってきた。長身で筋肉質の男性が、ほっそりとして、今にも折れそうな身体《からだ》の美女を支えるようにして歩いている。

「安東留道《あんどうとめみち》、英玲奈《えれな》ご夫妻でらっしゃいますね。ようこそ！」

と、じゅん子さんが笑顔で出迎えて携帯電話を預かった。しかし、英玲奈さんは通路に立っている加瀬を見た瞬間、恐怖に目を見開き、手を口に当てた。

いかん、絶叫する！　とおれが棒立ちになった瞬間、彼女は額に片手を当て白い喉をそらせ、そのまま全身から力が抜けた。さながら糸の切れた操り人形のように、がっくりと膝をつきそうになった寸前、夫の留道の腕が彼女を支えた。

「だ、大丈夫っすか？　奥さん、病院に運んだほうが……今ならまだ降りられるんで」

おれは狼狽《ろうばい》したが、夫は「いや、大丈夫だ」と力強く言った。

「妻はとても繊細で……こういうことはよくあります。おそらく、旅立ちの興奮が神経に障ったのでしょう。どうか御心配なく」

コンパートメントの扉を開けようとする御主人に、おれは奥さんが取り落としたバッグを差し出した。

「あの……これ、落としましたよ」

高級そうな刺繍《ししゅう》のバッグの絵柄は、なぜかとてもリアルな猫の顔だ。トムとジェリーのトムみたいなハチワレの柄、色は日本猫にはあまり見ない焦げ茶色で、毛足が長い。

「かわいい猫ちゃんですね」

思わずおれが口にすると、ご主人は硬い表情で答えた。

「妻が飼っていた猫です」

飼って「いた」と過去形なのは……おれはそれ以上何も言えなくなった。

そのあとに、杖《つえ》をついた上品な老婦人がやってきた。足元はおぼつかないが、すっと伸びた背筋にも、毅然《きぜん》とした表情にも、辺りを払うような威厳がある。黒いビーズのバッグからはパンフレットのようなものが覗いている。「NPO法人・愛《いと》しの肉球」という文字が見えた。

「等々力節子《とどろきせつこ》さまですね。携帯電話を……」

と確認するじゅん子さんに、老婦人は笑顔で答えた。

「ごめんなさいね。わたくし、携帯電話という文明の利器は持ち合わせておりませんの。それに、足が悪いものですから、こんなに遅くなってしまって。皆さまもうお揃《そろ》いでしょう？　わたくしのために出発が遅れたりしていなければ良いのですけれど」

「いえ、まだお見えになっていない方たちがいるっすよ」

発車時刻まで三分を切っているのに、姿を現さない客が三名もいるのだ。

じゅん子さんはインカムで田端《たばた》にあるJR東日本東京圏輸送管理センターの東北方面指令とやりとりをしている。じゅん子さんはこの仕事のために研修を受けて、車掌の業務を代行できる資格を取得している。

「発車時刻を引き延ばせるのは最大限で、ぎりぎり二分だそうです。ダイヤの関係でそれ以上待つのは無理です」

「しゃあないな。途中で追いついて乗車してもらう、いうことで見切り発車や」

「それは無理です」

とじゅん子さんがキッパリと言った。

「この列車は行き先不明がウリなんですから、お客様に追いついてもらうというのは不可能です。いえ、やってはいけません」

「いやそこはそれ、内密にやな……」

と二人が揉《も》めていると、能天気な声がした。

「客室のベッドメイクと食堂車のテーブルのセッティング、全部終了したよ。まだお客さんが入っていないコンパートメントが二つ、あるんだけど？」

わがブラックフィールド探偵社いや旅行社のもう一人の社員、というか社長の愛人の、あや子さんが現れた。グラマラスな肢体を黒のメイド服と白いエプロンに包んでいる。

「その二室はキャンセルやな」

黒田が付け髭をひねりながら言った。

「まあ悪い話とちゃうわ。当日ドタキャンは金返さんでエエし、客が三人減ればそれだけこっちの仕事も楽になるがな」

社長は至極お気楽で、おれも同意見なのだが、真面目《まじめ》なじゅん子さんは何故か浮かぬ顔で、決して勤勉なタチとは言えないあや子さんまでが「ちょっとそれ困る。段取り狂っちゃうよ……」などとつぶやくのに、おれは違和感を覚えた。

その間にもこの後部二車両を取り囲む撮り鉄軍団は、おれたちにストロボ光を浴びせ続けている。眩《まぶ》しいったらありゃしない。

その群衆が突然、二つに分かれた。白髪のじいさんが命じると海が割れる大昔の映画があったと思うが、ちょうどそんな感じだ。

「待て！　待ってくれ！　今乗車する。あと二人も一緒だ」

撮り鉄の群衆を掻《か》き分けるようにしてこちらに向かってくるのは、まだ若い男だ。きちんとスーツを着込み、髪の毛も、まるで測ったようにきっちりと七三に分けた、どことなく堅苦しい雰囲気がある。

おれは一番後ろのドアを開けて、男を迎え入れた。折しも舞い降り始めた雪が若い男の髪と、黒いスーツの肩にうっすらと散っている。

「よかった。間に合いましたよ！　あ、もう急がなくても大丈夫ですから。転ばないように気をつけて」

若い男が声をかけたのは三十代も後半の女性と、中学生くらいの少年だ。これが、あの加瀬が「古女房とクソ餓鬼」と言っていた家族なのだろう。豪華な列車の旅をするにしては女性の服はどことなくみすぼらしいし、少年もこの寒空に薄手のコートしか着ていない。

しかもおれは気がついてしまったのだが、女性の頰には化粧でも隠しきれない、黄色くなった青あざの痕がある。

「加瀬美代子《みよこ》さまとお子さんの正臣《まさおみ》さまですね？　そちらは辺久田《へくた》さま？」

「はい辺久田です」

若い男は点呼をとるじゅん子さんに返答して、素直に携帯電話を手渡した。

「遅いぞ、この馬鹿者が！　お前ら一体何をぐずぐずしていた」

通路の窓から見ていた加瀬が母子に向かって頭ごなしに怒鳴った。

「ごめんなさい、あなた……でもあなたが一人で先に行ってしまうものだから。私たち、どこから乗車していいのか判《わか》らなくて」

おどおどと言い訳する妻に、若い男が口添えをした。

「そうですよ。奥さんとお子さんが戸惑っておられたので、僕がお連れしました。こう言ってはなんですが、あなたは本当に勝手な人ですね」

かなり正義感の強い若者のようだ。

「ふん、若造の分際で生意気な」

「あなた……やめて」

加瀬はここでもおそるべき無礼さを発揮したが、若い男はあくまでも丁寧に、しかし毅然として言い返した。

「確かに僕は若輩者ですが、あなたが夫としても父親としても、義務を果たしていないこと、それだけは断言できますね」

「夫として？　父親として？　何も知らんくせに聞いた風なことを抜かすな。私はね、この女がコブつきで生活に困っていたから、お情けで女房にしてやったんだ。本来ならこんな旅行に連れてきてやる義理も理由もないんだが、私は心の広い人間だからね」

奥さんは疲れ果てた様子で、夫に侮辱されても言い返すこともできないようだ。だが、このクソ外道と血が繋《つな》がっていない義理の息子は、物凄い目つきで父親を睨みつけている。

「なんだその目は？　私に逆らって叩《たた》き出されたいのか？　高校の学費はどうするつもりだ？　私が出さなければ一体誰が出すんだ？」

声変わりしたばかりのかすれた声で、息子がつぶやくのを、おれははっきりと聴いた。

「行かねえよ。高校なんか。てめえに学費出してもらうくらいならな」

「あ？　今何て言った？　もう一度言ってみろ？　大きな声でな」

「まああんたら、そのへんにしときなはれ。せっかくの旅立ちがワヤになりまっせ」

　黒田が仲裁に入り、その関西弁と、立派な正装とカイゼル髭のギャップに気を呑《の》まれたのか、少年と身勝手な中年オヤジの対立はそこで終わった。やれやれだ。

「こちらブラックフィールド旅行社。お客様九名とスタッフ四名、計十三名、全員乗車を確認しました」

　じゅん子さんが預かった携帯電話やスマホを布の袋にざっと入れながらインカムで連絡し終わると同時に、発車ベルが鳴った。

「十三番線から特別企画列車『リゾート急行ブラックミステリー号』が発車致します。お気をつけください。ドアが閉まります」

　閉まった扉と窓の外を、ゆっくりと上野駅のホームが動き始めた。その、どことなく優雅な雰囲気にはワルツが似合いそうだ。

　その景色を彩るものは、次第に激しくなってゆく雪だ。

「冷えますね。行き先によっては、かなりの積雪が予想されるかもしれません」

じゅん子さんが窓外を見ながら、言った。

*

列車は一路、東北本線を北に向かっている。

発車してからというもの、おれたちは休む暇もなく食堂車で夕食の支度をして、案内の車内放送をした。

「食堂車よりご案内致します。ご夕食の支度が調いました。温かなお食事をご用意して、お客様のお越しをお待ち申し上げております」

じゅん子さんの名調子が流れたが、出されるのは駅弁。それも仙台《せんだい》名物牛タン弁当で、各自ヒモを引いて蒸気で温める式のやつだ。

食堂車自体は（安ピカ風の内装とはいえ）一見典雅なものだから、その中でぼそぼそ駅弁を食べるのは、なんだか侘《わび》しい。

案の定、続々と食堂車にやってきたお客たちは、テーブルの上の弁当とお茶と味《み》噌汁《そしる》を見て落胆している。

「まあ、私は列車に乗ったら駅弁と決めてますから、大変結構なんですけどね」

と三科さんは強がりつつおれに言った。

「一緒に食べてくださらない？　さっきのあの男にまたネチネチ迫られるのがイヤなのよ」

「今ちょっと忙しいので、後ほどご一緒させて戴《いただ》こうかと」

そう言うしかない。今はマジで忙しいのだ。

席が埋まり、みんなが黙々と牛タン弁当を食べ始めた中でただ一人、牛タン弁当ではなく三十品目ベジタリアン弁当を食べているのは弦田教授だ。

「健康に気をつけてられるんっすね。さすがに意識高いっていうか。それは何の本っすか？」

給仕をしながらおれが持ち上げると、教授は書物を読みながらおれに答えた。

「これは『動物の権利』という本です。私の研究には基本的な書籍で、初心を忘れないように時々読み返しているのです。この分野の研究者にはベジタリアンが多いですしね」

根菜類の煮付けを口に運びながら教授は食堂車を見渡した。

「私は、こういうツアーに参加するのは初めてなのですが、この状況は実に興味深い。哲学的な考察に値します」

「はぁ……哲学的……何処《どこ》がスか？」

「完全な見知らぬ同士がひとつ屋根の下に集まって、三日間、寝食を共にし、旅が終わればそれぞれの住処《すみか》に戻り、二度と会うこともない……きみ、面白いとは思いませんか？　まるで我々の人生のようではないですか」

学のある人の考えることはよく判らない。

さっさと食べ終わった教授は、おもむろに煙草《たばこ》に火をつけた。今のご時世、禁煙ではないのもこのツァーの売りなのだ。

「ニコチンもアルカロイドで、植物の恵みです。人間は動物を犠牲にしなくても、充分豊かで幸せな人生を送れるのですよ」

ジタンの香りは独特なのでおれにも判った。

一方で美男美女のカップル、安東夫妻は、食の進まない妻を夫が気遣っている。

「どうしたの？　あまり食欲がないみたいだけれど。三陸海鮮弁当のほうがよかったかな」

「駄目なの。お刺身も。あんなことになるならあの子に、もっともっと、たくさんあげておけば良かった、あんなに大好きだったのにって思うと、辛《つら》くなるばかりだから」

高価そうなレースのハンカチを取り出して英玲奈さんは涙を拭った。

「いや、君は充分なことをしたよ。自分を責めるのはやめるんだ」

「違うわ！　全部私が悪いのよ！　あの子を、あの日……外に出しさえしなければ」

さめざめと本格的に泣き出した奥さんを、おれも辛くて見ていられなくなった。幸せそうにしか見えないご夫婦だけど、まさかお子さんを亡くしていたとは……。

別のテーブルでは辺久田青年が弁当を食べながら六法全書を読んでいる。

「お勉強っすか？　旅行中なのに？」

おれはお茶をつぎ足しながら訊《き》いた。

「父が裁判官なので僕も法曹を目指しています。法律は時として万全ではなく、世論の批判を浴びることも多い現在の司法ですが、それでも市民感情とのギャップを埋められる、そういう法曹に僕はなりたいんですよ」

ご飯の上の牛タンを一枚一枚、几帳面《きちょうめん》に並べ直しながら、若者は言った。

「最近ちょっと辛いことがあったんです。尊敬する父が理不尽な批判を受けてしまって」

隣のテーブルでは、等々力夫人が静かに牛タン弁当をしたためている。テーブルの脇には磨き上げた木に、金の握りの杖が立てかけられている。どう見ても本物の上流階級に属していそうなおばあさんだ。こんな、「なんちゃってセレブッァー」ではなく、前方の車両の、本物の豪華列車こそが、この人にはふさわしいはずなのに……。

「牛タン弁当、お口に合いますか?」

ヒモで引っ張って温めるものではなく、この人には、直前にとろ火で温めた牛タンを、銀のトレイに載せた皿で給仕したかったな。

「ありがとう。とても美味《おい》しいわ。この歳《とし》になりますとね、一食一食を感謝して、大事にいただかないと、と思います。誰しも思い残すことのない人生を送らないとね」

死ぬ間際に、嗚呼《ああ》あの時あれをやっておけば良かった、あの人にああ言ってやれば良かったなどと後悔するのは嫌ですもの、と老婦人は続けた。

「理不尽なことの多い世の中で、罪のないものが時として残酷な目に遭ったりもしますけれど、そういう間違いを少しでも正しさに近づけることが、人間として生きることの意味ではないのかしら? あら、ごめんなさいね。年寄りが辛気くさい話をしてしまったわ」

にっこりと笑うおばあさんは優しそうな中にも凜《りん》として、一本筋の通った雰囲気がある。

「お持ちになっていたパンフレットが見えたんすけどなにかＮＰＯをやってらっしゃるんですか？」

「そうなのよ。ささやかなものですけど、おうちのない、可哀想《かわいそう》な子たちを少しでも幸せにしてあげたいと思いましてね」

立派な人だ。おれは感心した。児童養護施設のようなものを運営している人なのだろう。

だがおれの感動は、きわめて不快なダミ声によってぶち壊された。

「豪華列車のツァーなのに、ディナーがヒモを引いて温めるこんなチンケな弁当なのか？」

加瀬は、詐欺だぼったくりだと騒ぎ始めた。

それなりに華やいでいた食堂車の雰囲気が、みるみる悪くなっていく。

じゅん子さんの顔色が白くなったが、それは必死に怒りを堪《こら》えているのだ。

あや子さんもぶるぶると拳を震わせている。

しかし……この反応は妙だ。二人とも客商売は長いのだし、タチの悪い客への耐性はついているはずなのに。

一方黒田は、さすがにまったく堪《こた》えていない様子で宥《なだ》めに掛かった。

「加瀬さん、あんさん、このツァーにいくら払《はろ》うたか忘れてまへんか？　編成は豪華でもこの二両は別ですねん。コスパはエエほうやと思いまっせ。それに、メシなんぞ降りてからいくらでもご馳走《ちそう》食べはったら宜《よろ》しいがな」

黒田に顔を近づけられてそう言われると、さすがの加瀬も黙ってしまった。

それに三科さんも加勢した。

「この方の言うとおりですわよ、あなた。たしかにお値段を考えれば、お得なツァーじゃありませんか」

「まあ、あなたがそう言うのなら、あなたに免じて矛を納めよう。おい、お前」

加瀬は、同じテーブルの向かいでぼそぼそと牛タン弁当を食べていた中学生の息子に声をかけた。

「そんなにまずそうに食うんなら残りはおれに寄越せ。何だその顔は？　このツァーの金を出したのは誰だと思っている？」

一瞬怒りの表情を浮かべた少年だが、黙って弁当を継父の前に押しやると、そのまま音を立てて席を立ち、自分のコンパートメントに戻って行った。

母親が何か言って宥めるのかと思ったが、まったく何の助け船も出さない。それを見たおれの心は冷えた。

クソ外道の父親は、二つ目の弁当をガツガツと貪り食い、牛タンの傍らにあるゆで卵を美味《うま》そうにつるんと口に入れた。

文句をつけたワリにはよく食うっすね、とおれは言いたかったが、もちろん黙っていた。

加瀬は、目の前で固まっている妻にも高圧的に言った。

「大体だな、お前ら穀潰しを連れてくる代わりに、私が一人でこの列車に乗ればよかったんだ。私だけなら前のほうの、まともな車両に乗れたんだ。金食い虫どもが」

その時通りかかったあや子さんが不自然なつまずき方をして、運んでいた熱々の飲み物を加瀬の頭からぶっかけてしまった。

「うわっち！　あちちちち！　このクソ女、なにをするんだ！　ぶっ殺すぞ！」

加瀬は怒り狂った。黒田はドーモスンマヘンなどと気のない謝罪をし、おれがおろおろしているのに、じゅん子さんもあや子さんも黙っている。食堂車は阿鼻《あび》叫喚《きょうかん》の巷《ちまた》と化した。

「なんだこれは！　シャワーだ！　すぐにシャワーを使わせろ！」

「申し訳ございません」

じゅん子さんが仏頂面で言った。

「あいにく温水器が不具合で現在お湯が出ません。水シャワーでよろしければ」

「水シャワー？　ハワイならともかくこんな大雪で、しかも北に向かってるのに水《みず》垢離《ごり》など取ったら肺炎で死んでしまう！　おれを殺す気か、このツァーは！　殺人ツァーか！」

まあまあまあ、と激怒する外道・加瀬を宥めたのは三科さんだった。

ナプキンを手に立ち上がると、あれほど忌み嫌っていた男の髪をかいがいしく拭いてやっている。

「透明でさらさらの、匂いもしない液体じゃございません？　量もほんの少しですし。ほら、こうして拭けば大丈夫。服の染みにもなりませんわ。殿方があまり怒ると、ウツワが小さいって思われてしまいますことよ」

固まっている加瀬夫人にも微笑《ほほえ》みかけた三科さんは鈴が鳴るようなコロコロした笑い声を立てて、その場を一気に和ませてしまった。

夕食が終わって、その片付けをしていると、コンパートメントのベルが鳴った。三科さんの部屋だった。

おれが扉をノックすると、ガウン姿の三科さんがドアを開けた。ピンクの生地に銀の刺繍が入っている上品なガウンだ。

「ごめんなさいね、お忙しいのに。あのね、これ、私がおやつにしようと思って買ってきたポールのパンなんだけれど、牛タン弁当を毒親に横取りされた、あの可哀《かわい》想《そう》なお子さんに差し入れていただけるかしら？　あたくしからだってことは言わないで頂戴《ちょうだい》」

世の中、そんなに悪いことばかりでもない。

そう思いながら、おれはグラスにコーラを注《つ》いで、気の毒な親子に割り当てられた、狭い部屋の扉をノックした。

「あの、これ、旅行社からの気持ちなんで。よかったらお夜食に食べてください」

悴《やつ》れた母親はひたすら恐縮しているが、息子はおれを睨みつけた。食べるのを拒否するのかと思ったら、物凄い勢いでミートパイとクロワッサンとチーズサンドをあっという間に完食してしまった。お腹《なか》が空《す》いていたのだろう。そしておれが持ってきたコーラをごくごくと飲んで一息つくと、声変わり真っ最中のかすれた声でおれに言った。

「あのバカは恩に着せてるけど、母さんもおれも別にこのツァーに来たかったわけじゃない。あいつがやらかしたクソみたいなことのためにおれたちまで自宅にいられなくなって、身を隠す必要があったんで、仕方なく連れて来られただけだ。それを金がかかるだなんだと、あのクソ野郎……」

「正臣、お願い、もうやめて」

おどおどした奥さんが悲鳴のような声で哀願した。気の毒に、現在の夫と我が子の板挟みになって身も細る思いをしているのだろう。

「やめねえよ！　だいたい母さん、母さんがあんなクソ野郎と別れないから、おれらまでが巻き込まれて」

「そんなこと言ったって……母さん、学歴も資格も手に職もないし、あの人と別れたら生活が……あなたを大学にやることも出来なくなってしまう」

「大学？　高校の間違いだろ。あいつ、さんざん恩を着せて難癖をつけてるけど、おれの学費なんか出すと思ってるの？　だったら中卒で働いたほうがマシだよ。なあ母さん、頼むからあいつと別れてくれよ。あいつがやったことのせいで、おれは学校でも遠巻きにされて……」

「お願い。黙って。その話をしては駄目！」

ここで気の毒な母親は腕時計をちらりと見た。釣られておれも自分の時計を見た。

午後九時一分前。

「あのね。お母さん、ちょっと洗面所に行ってくるわね。お互い頭を冷やす必要があるわ。戻ってきたら話し合いましょう」

そして美代子夫人はおれにも頼んだ。

「申し訳ないけど、私が戻るまでここに居てやってくださいます？」

おれのうしろでコンパートメントの扉がかちりと閉まった。

「……もしかして学校でいじめられてるとか」

恐る恐るおれが訊《たず》ねると、少年はぶっきらぼうに答えた。

「いじめって言うのとは違う。つか、もっとキツい。言っただろ？遠巻きにされてるんだ。誰もおれに近寄ってこないし、誰もおれに話しかけない。モンスターの息子って、陰でヒソヒソされてる。実の親父《おやじ》ってわけでもないのに」

「それは……どういう？」

もっと詳しく聞き出そうとしたところで突然、電気が消えた。あたりは墨を流したような真っ暗闇になった。

今どこを走っているのか全然判らないが、車窓からは何も見えない。民家の明かりすらない、漆黒の闇が続いている。原野か山奥か。

窓外までが真っ暗なのにビビッていると、ドンドンドン！　という音に飛び上がった。隣室の扉が激しくノックされたのだ。

かちゃりとチェーンが外されロックが解除される音がしてドアが開き、隣室の主が廊下に出る気配があった。それに引き続き何かが幾つも連続して潰れる湿った音と同時に、男の悲鳴があがった。

異様だ。とにかく普通ではない。

「な、なんすか、この騒ぎは？」

真っ暗な中でおれが立ち上がると、続いて列車が激しく揺れ、窓外から大きく列車の警笛が響き渡った。

「ヴォ〜〜〜〜〜ッ！」

長々と続く警笛の中に、幾つもの扉が開いては、そしてすぐに閉まる音が立て続けに聞こえたようにも思えた。

いや、これは、何かが起きた！

おれは慌ててドアを開けて通路に出た。

と……おれの鼻を嗅いだことがあるような煙草の匂いが掠《かす》めた。

そして近くから呻《うめ》き声が聞こえ、暗闇の中にぼんやり青白く光るものが見えた。

「うわっ！」

幽霊か？　この車両には何か確実にヤバいものがいる……恐怖したその時、後頭部に重力を感じ、おれの足は宙に浮いた。

なにやらヌルヌルしたものに足が滑ったおれはひっくり返って、頭を強打したのだ。

床にのびたおれの目に、青白い不気味な物体が上から近づき……その亡霊みたいなものがみるみる迫ってきた。

「うわあ！　た、助けてくれっ！」

それがのしかかってきたところで、恐怖のあまりおれの意識は途切れた。

「おいこら飯倉、しっかりせえ！　なに失神してけつかんねん？」

ほっぺたを叩かれておれは意識を取り戻した。コンパートメント車両の床がおれの下で揺れている。目の前には黒田のカイゼル髭とどんぐり眼が一杯に広がり、その後ろではヌルヌルの黄色い液体にまみれた、パジャマ姿の男がわめいている。おれの服にも卵の黄身がついているので、暗闇の中でおれの上に倒れてきたのはこいつだと判った。その不快な声は、まぎれもなく加瀬のものだ。

「どういうことだ？　このツァーは通路で客に卵をぶつけるのか？　卵テロがお前らのおもてなしかっ！」

この男のそれからの大騒ぎは思い出したくもない。おれたちは想像しうるかぎりの不快な罵倒に耐えなくてはならなかった。

「私は卵アレルギーなんだ！　これで体調が悪くなったり、最悪入院する事態になったら、お前らを訴えてやるからな！」

しかし夕食に出した牛タン弁当のゆで卵を美味そうに食べたのをおれは見てるんだけど。

「シャワーを使うぞ！」

「先ほど申しましたように温水器が故障していて、水しか出ませんが」

そう言うじゅん子さんに加瀬は嚙みついた。

「水でもなんでも構わん！　とにかくこのヌルヌルは我慢できん！」

水シャワーを浴びた加瀬は、食堂車で温かいココアを飲んでいた。

「生き返った……凍え死ぬかと思ったぞ！」

スッキリはしたが唇が紫色になって震えている加瀬は、テーブルの向かいにいる黒田に泣きついた。

「黒田とか言ったな。君は探偵社をやっていたそうじゃないか。だったら頼む。この旅が終わるまで、私の用心棒をやってほしい」

そう言って薬をココアで飲み込んだ。

「私は一度心筋梗塞をやっとるんだ。こんな真似《まね》をされたらストレスで心臓が保《も》たんよ」

「ワーファリンでっか？　よう効く薬や。それ飲んどったら大丈夫ですがな。ところで、ぶつけられた卵は一つや二つやおまへんな。あんた、どんだけ人の恨みを買ってますのや？」

社長は楽しそうに訊ねた。人の不幸は蜜の味、と言うのが黒田の座右の銘だ。

「デキる男には敵が多い。この列車にも、きっと私に恨みを抱いている人間が乗っているんだろう。それが誰かを突き止めて私の身の安全を守ってくれたら、何者かが私に卵をぶつけた件については不問に付そう」

通路にあった卵の殻はじゅん子さんがさっさと片付けてしまっていたが、加瀬はしっかりカウントしていた。

「九個だ。ぶつけられた卵は間違いなく九個だった。九人の人間が私に卵をぶつけたんだ」

「んなアホな。このツァーに参加しているお客さんがたまたま九人いてるから、そんな気がするだけですがな。もしかしてあんさん、全員に恨まれとるとか、そういう妄想に取り憑《つ》かれてるんと違いまっか?」

しかしおれは、卵まみれの加瀬を見ている。あれが卵九個分だったと言われても、おれには嘘《うそ》だとは思えない。

「とにかく頼む。もしも私の依頼を断って犯人が見つけられなかった場合はあんたをツァー責任者としての管理義務違反で訴えてやる。その時は法廷で会うことになるがな!」

加瀬は脅し文句を吐いて自室に去った。

「この件の犯人は、あの外道の嫁はんの連れ子や!」

黒田はさっそく決め打ちをした。

「いくら気に食わん継子や言うたかて、晩飯の牛タン弁当を取り上げるんはないやろ。食いもんの恨みは怖ろしいで」

「それはないっす」

おれは反論した。

「電気が消えた時、あの子はおれと一緒にコンパートメントの中にいましたから」

扉を背にしておれは座っていたのだから、あの少年が密《ひそ》かに個室を出ることは不可能だ。

「せやったら嫁はんやな。なんやねん。あの外道の、嫁はんに対するボロクソな扱いは。ひとごとながらムカムカするがな」

「犯人は奥さんじゃないよ」

あや子さんが口を挟んだ。

「あたし、電気が消えた時に洗面所にいて、奥さんと一緒だったもの」

「その通りです。電気がついたあとに洗面所から出てくる奥さんを、私も見ました」

じゅん子さんも証言した。

「九時にはなぜか全員が部屋に入っとったわけや。その中の誰かが電気が消えた時に通路に出て、あの外道のおっさんのドアをノックして、ドアを開けたところに卵を九連発でぶつけたっちゅうことやな。嫁はんと息子以外の誰が犯人でもおかしゅうない」

そう言った黒田は雄々しく立ち上がった。

「よし。とりあえず一人ずつ事情聴取や！」


深夜だというのに全員の部屋を回って話を聞いたが、全員が誰かと一緒にいたと主張して、全員のアリバイが成立してしまった。

三科さんは等々力夫人の部屋で話をしていたと主張し、あや子さんがそれを裏付けた。「九時ちょっと前に、三科さんが等々力さんの部屋からあたしを呼んで、お茶が欲しいと言ったの。持っていったら等々力さんもいたし。二人は間違いなく同じ部屋にいたよ」

弦田教授は法曹志望の辺久田青年と、最近の、ある事件の判決について議論を闘わせていたと主張した。

「私は倫理学的な見地から、あれは裁判官が過去の判例に囚《とら》われることなく独自の判断をしてしかるべきケースだと主張し、一方、辺久田君は、初犯で実刑まで持って行くためには法改正して法定刑の上限を上げるしかないと言って、平行線を辿《たど》ったのです」

「そうですよ。教授はたとえ法律を改正しても、不遡及の原則により新法の施行以前の犯罪には適用されない、つまり常軌を逸した犯罪を犯した、当のその人物を裁くことができないという不条理を問題視されていました」

美男美女カップルの安東夫妻は部屋にいて、夫は妻の看病をしていたと主張した。

食堂車に戻ったおれたちは、どうしたものかと首を捻《ひね》り、黒田が再び決め打ちをした。

「決まりや。卵をぶつけたんはあの夫婦や。身内の証言だけでは信用するわけにはいかん」

じゅん子さんが異を唱える。

「しかし、安東ご夫妻には動機がありません」

「そんなんはどないでもなるがな。大方あの加瀬の外道が、美人の嫁さんをイヤらしい目で見たとか、そないな話やろ」

だが、じゅん子さんがそれも否定した。

「違います。なぜなら電気が消えた時、私はまさにあのご夫婦の部屋にいたからです。『大変だ！　妻が』というご主人の叫び声を聞いて、私は真っ暗闇の中、すぐに駆けつけました。電気が消えたショックで奥様がパニックの発作を起こしていたので私は大丈夫ですよと安心させて、そのうちに電気がついたのです。あのお二人であるはずがありません」

『大変だ！　妻が』という叫び声を聞いた記憶はおれにはなかったのだが、たぶん失神したショックで忘れてしまったのだろう。

「おかしいな。ちうことは……誰やねん？　全員にアリバイがあるやないか！」

　考えていた黒田は、ポンと手を打った。

「大方あのおっさんの狂言や。自分で自分に卵ぶつけて『ヤラレタ』ちゅうて騒いどるんや。その理由は、訴えると脅かしてワシらから金を強請《ゆす》り取るためや」

　社長は自分の推理に自信があるらしく、これにて一件落着や、と大きく頷《うなず》いた。

　しかし、その推理にはどう考えても無理がある。金目当てのクレームなら、なにも自分で自分に卵をぶつけなくても良いではないか。

「ま、しばらく加瀬に注意しとこうや」

　ということで、これにて解散と言うことになり、おれたちは各自の部屋に入った。

＊

翌朝。

おれはほとんど寝ないまま叩き起こされて朝食の支度をした。洋食はパックのサンドウィッチにゆで卵、和食はパックのおにぎりにゆで卵。コーヒーとお茶はじゅん子さんが淹《い》れてくれた。

朝のご用意できましたというアナウンスでお客たちはぞろぞろ集まってきて「どうせまた出来合いのものでしょ」とか言っていたが、彼らの予想を遥《はる》かに下回るショボいものを見て、さすがに絶句していた。気の毒だが、文句はコストカットを指示した社長に言って欲しい。

その社長の黒田は、朝から一張羅のタキシードを着てにこやかに朝の挨拶をしている。

お客たちは、列車が北に向かっていることに気づいていて「東北本線を走ってるのね」「いやいやこれは奥羽《おうう》本線でしょう」などと仲よくやり取りしている。

「ほら、レールが三本走っているのが判りますか？　この区間は在来線と新幹線の共用で、在来線の狭軌と新幹線の標準軌の両方を走らせるために三線軌条になっているのです。この列車はおそらく、仙台を経由して小牛田《こごた》から陸羽東線《りくうとう》に入り、新庄《しんじょう》から奥羽本線に入り、現在は新幹線と併用している大曲《おおまがり》〜秋田間、その中でも三線軌条になっている神宮寺《じんぐうじ》駅と峰吉川《みねよしかわ》駅の間を走っているはずです！」

弦田教授がいかにも学者らしい、という以上に典型的鉄ちゃんの見事な推理をしたので、一同はナルホドと感嘆の声を上げた。

車窓には田園風景が広がっている。

「最近動体視力が落ちて駅名が読み取れませんけれど、ここはあの方がおっしゃるとおり、秋田県に違いありませんわ。あたくし、亡き主人と一緒に、この沿線の温泉で休暇を過ごしたことがありますもの」

と三科さんが証言した。

やがて教授が説明した三線軌条が終わり、「大張野《おおばりの》駅」に差し掛かると、プラットフォームには大勢の人が集まっていた。

「おや？　この駅は無人駅で利用者もあまり居ないはずなのだが」

弦田教授が指摘し、じゅん子さんが独り言を言った。

「あら？　停車しないのね。ここで時間調整をする筈《はず》だったのに……」

大勢の人の群れの全員が、こちらに向いてプラカードを見せ、怒りの表情を浮かべ口々にわめいている。「許さない！」「死ね」「同じだけ苦しめ！」などの声が微《かす》かに聞こえるが、列車はなぜか速度をあげて一気に通過してしまったし、窓ガラス越しなので、何を言っているのか、プラカードに何が書いてあったのかもよく判らなかった。

鉄ちゃんがこの特別列車に反感を持って抗議していたのか？　しかしこの列車がこの駅を通過することは公表されていないのに、なぜ突き止められたのだろう？

しかし黒田はあっさりと片付けた。

「人の妬みそねみ言うもんは怖ろしいのう。豪華列車の旅ちゅうだけで、ああいう貧民らが押し寄せてきよる。しかしやな、ああいう人らを尻目にぬくい室内で美味いもんを食べるのんが、まさにこういう旅の醍醐味《だいごみ》やがな。あの人らのおかげでセレブ気分も三倍増しや」

黒田はそう言うが、この車両に関するかぎり、特に美味しいものは食べていないのだ。

列車は奥羽本線をひた走り、弘前《ひろさき》を過ぎて新青森に着くと、牽引《けんいん》する電気機関車がＥＨ８００形に交換された。これは青函《せいかん》トンネル専用の特別なものだ。

列車は目新しい高架線を走ったかと思ったら、長い長いトンネルに突入した。

「皆様。今走ってるのんが青函トンネルでござりまする。まあ、普通のトンネルとどこが違うねん！　ちゅうことになりますけどな」

と言いながら、黒田はさりげなくお客さんに声をかけて雑談している。たぶん加瀬に恨みを持っている人物が誰かを探り出すためだろうけど、たんなる暇つぶしかもしれない。

車窓がぱあっと明るくなると……そこは、北海道だった。

「ウェルカム・トゥ・北海道！」

黒田が開けたのはシャンパンならぬ安い発泡酒だ。どこまでもコスト最優先でセコい。

青函トンネルを抜けた列車は非電化区間に入るので、木古内《きこない》駅で専用電気機関車がディーゼル機関車に交換され、再び走り始めた。

「以前走っていた『北斗星』『カシオペア』は函館《はこだて》で機関車を交換していましたが、それでは函館駅の構造上、スイッチバックとなって進行方向が変わってしまう。さしずめそれを回避するためですな？」

弦田教授は喜んでいる。

が……良いことばかりは続かなかった。

海沿いに函館本線を北上するに連れて、雪がいっそう激しくなってきたのだ。長万部《おしゃまんべ》を過ぎて、列車は内陸に入った。

「ほほう。室蘭《むろらん》本線を敢《あ》えて避け、山側の函館本線を走るということですな。この路線は速度が出ないので、特急は敬遠するのですよ」

弦田教授が解説する。

「山側」と言うだけあって深い山を縫うように走って行く、その最中だった。ランチの「お蕎麦《そば》食べ放題」を用意していると突如、ギギギーっというブレーキ音とともに急制動がかかり、激しい衝撃があって、列車は停止した。鍋に沸かしたお湯が殆《ほとん》ど全部、床に零《こぼ》れてしまったほどの衝撃だ。

深い山の中。線路は単線。人家もなければ道路もない。周囲は一面の雪だけだ。

「なんや？　ヒグマとでもぶつかったんか？」

黒田が言ったが、しばらく経《た》って、列車の車掌からアナウンスがあった。

「お客様にお知らせします。沿線で雪崩《なだれ》が発生し、当列車の先頭機関車が線路にありました雪だまりに突っ込んでしまいました。現在、救援を要請しておりますが、この地域には記録的な豪雪が続いておりまして」

その後もぐだぐだと言い訳が続いた。

「ほうか。当分助けは来ん、ちゅうこっちゃ」

他人事のような黒田の言葉に、鉄オタの弦田教授は感じ入ったように呟《つぶや》いた。

「いやこれは、例の、あの有名な、豪華列車が雪に閉じ込められた中で起きる……」

「縁起でも無いこと言いなはんな」

黒田は教授の発言を遮った。

「皆さん、心配おまへんデ。酒も食糧もたっぷり積んでますさかいに。豪華列車の居住性の良さを存分に楽しんどくなはれ。雪の中で立ち往生するのもまた一興。忘れられない思い出になりまっせ！」

黒田はおれに「蕎麦食べ放題を始めんかい！」と命じて、安物の発泡酒を配り始めた。

「じゃんじゃん飲んで食べて、楽しんでや！」

閉じ込められた乗客たちも食堂車に陣取って、ひたすら蕎麦を食べることにしたようだ。ただの掛け蕎麦だが、他に楽しみがない。

その時、車内アナウンスが流れた。

「お客様にご案内致します。当列車は当面動く事が出来ませんので、特別エクスカーションと致しまして、お近くの温泉までスノーモービルでご案内致します」

窓外がブンブンうるさいと思ったら、十台くらいのスノーモービルがエンジンの音も高らかに集まってきていた。

「温泉に行けるの？　遭難もいいものね！」

三科さんが喜んだが、黒田が打ち消した。

「大変申し訳ないんやが、それは前の方の車両のお客さんだけですねん。こっちにはそういうオプションは付いてまへん。除雪車やら救援車やらが来て復旧するまで、みなさん、この車内でまったり過ごしとくなはれ」

要するに、コストを削ってケチった分、サービスが悪いということだ。

「まさに格差社会の縮図ですな。この編成は」

弦田教授が感慨深げに言った。

全員が食堂車でウダウダして無料のお茶とコーヒーを飲んで駄弁《だべ》っているウチに日が暮れて、夕食の時間になった。

今夜は、機関車を付け替えるときに積み込まれた「森町《もりまち》いかめし弁当」「長万部かにめし弁当」の（先着順ではあるが）二択だ。

「いずれも北海道の人気弁当でっせ！」しかも、どっちかを選べるという大盤振る舞い！

黒田は誇らしげだが、「私、海産物はアレルギーなの」とか「肉が食いたい！ジンギスカンはないのか！」とか、不満が続出した。

弦田教授だけはいかめしのイカを外し、中身の御飯だけを文句も言わずに食べている。

「みなさん！人はメシのために生きてるんとちゃいまっせ！飽食の時代に何ゼイタク言うてはるんでっか！」

要するに文句を言うなと黒田は主張し、お客たちも渋々黙って食べ始めた。なんだか気の毒になってきたおれだが、味噌汁のおかわりを全員に勧めることしかできない。

が……。弁当を食べ終わったお客たちは、一人ずつ加瀬の席に近づいて何ごとかを話しかけている。加瀬はと言うと、表情を強ばらせ、怒りの表情で何かを言い返している。

おれは気になって近づこうとしたけれど、「お客さまのプライバシーは守るべきよ」と、あや子さんとじゅん子さんに止められた。

「おおかた卵をぶつけたんは自分とちゃう、言うて身の証《あかし》を立てとるんやろ。ほっとき」

黒田はあくまで楽天的だ。

普通なら弁当は多めに用意しておくものだが、ケチな黒田は人数分をキッチリ仕入れたので余らない。おれたちの食事は、賄いのカップラーメンやおにぎりだ。

何かのツテで大量に仕入れた発泡酒だけは無料で振る舞われ、一皿五百円と暴利を貪るオツマミは酔った勢いで飛ぶように売れていく。柿の種とかチーズとかビーフジャーキーのタグイなのだが。これが黒田商法なのだ。

やがて……そんな酒宴にも飽きた客たちは各自の部屋に引き上げて行った。

おれたちも後片付けをして早く寝てしまおうと思ったのだが……。

三科さんからコールが入った。夜の対応はおれと決まっているので、仕方なく彼女の部屋をノックした。

「Ａｖａｎｔｉ！　開いてるから入って」

言われるままにドアを開けると、ベッドにはピンクのガウン姿の三科さんがいた。

「眠れなくて……」

そう言いながら三科さんはおれにオイデオイデの手招きをした。

「ワガママな客ばかりで疲れるでしょう？　アナタのボスもああだしね」

三科さんからはいい香りが漂っている。たぶんとても高い香水なんだろう。

「ねえ、こっち来ない？」

彼女はそう言うと、強引におれの手を取って引っ張った。

胸の中に倒れ込む形になっておれは……そのまま熱い口づけをされて……柔らかな舌が入ってきたあたりで記憶が飛んだ。

ここ数日の激務で疲れていた上に、熟女の濃厚でストレートな攻撃に、おれはもう抵抗する気にもならず……そのまま甘美な一瞬を迎えた。

温かで柔らかなベッドに、夫人のまろやかな女体。じわじわと締めつけてくる女芯は、おれから判断力を奪い去った。

事が終わって、おれは、あまりの気持ち良さに睡魔に誘われるまま、寝入ってしまった。

が。

「ぎゃ〜っ！」という悲鳴で、飛び起きた。

「どうしたんです？」

慌てて身繕いして扉を開け……。

悲鳴はこの隣室から聞こえたはずだ。ということは……加瀬の部屋だ。

「もしもし？　大丈夫っすか？」

おれがドアをノックすると、くぐもった男の声で「大丈夫です。悪い夢を見ただけです。申し訳ない」という返事があった。加瀬らしくない丁寧な言葉づかいに違和感があった。

「ときに今、何時ですか？」

と再びくぐもった声がした。おれの腕時計は零時四〇分を指していた。

そう答えると、今度は加瀬の奥さんの部屋のドアが開いて奥さんが通路に出てきた。

「あなた、大丈夫？」

と声をかけると、ドア越しに「うるさい！」という加瀬本来の返事があった。

食堂車と個室車両との間にあるスタッフの部屋からは、黒田の高いびきが聞こえている。

その時、食堂車からあや子さんの声がした。

「ねえ飯倉くん、ふきんはどこだっけ？」

立て続けにいろんな事が起きながらも、おれが食堂車に行くと、あや子さんが大鍋を洗っていて、厨房《ちゅうぼう》には湯気が充満していた。

「どうしたんすか？　こんな時間に」

「お湯を沸かしたのよ。ほら、夜中にお茶を飲みたいお客さんがいるかもしれないじゃん」

「魔法瓶は……ここっすね」

おれは魔法瓶を持ち上げたが、お湯は入っていなかった。だったらあや子さんが沸かしたお湯はどこに行った？

そこでおれは思い出した。ディナーのあと、あや子さんが洗い物をしたのだが、その時、調理台にオレンジ色の液体がこぼれ、ココアパウダーの箱のとなりに茶色の薬瓶があったことを。その瓶は今もあり、ラベルには「トリクロリールシロップ一〇％」と書いてある。おれの視線に気づいたあや子さんが言った。

「それ、ココアに入れると甘くなるんだよ」

しばらく雑談をしたあと、おれが食堂車を出たところで、通路を前方に走り去る人影が見えた。ドラゴンの刺繍入りの、深紅のガウンの後ろ姿だ。アントニオ猪木《いのき》か。

まだ午前一時だ。もう一度寝直そうと思ったおれがスタッフルームに入ろうとしたところで、じゅん子さんが前方からやってきた。

「飯倉くん、誰かが車掌室に入って行くのを見なかった？　私、お手洗いに入っていたのだけれど車掌室に戻ったら窓が開いていたの」

「真っ赤なガウンを着た人が前のほうに行きましたけど、車掌室に入ったかどうかまでは」

たぶんそれは、三科さん以外の女性客の誰かが洗面所に行ったのだろう。

「まあ、いいんじゃない？　夜中だし、雪で身動きも取れないんだから、後のことは朝にしましょ。眠いし。ほら、もう一時過ぎよ」

責任感が強いじゅん子さんがそう言うのだから、まあいいかと基本的に面倒な事が嫌いなおれも賛成した。どうせ明日の朝も早く起きて支度をしなければならないんだし。

＊

朝が来た。

朝食のアナウンスをして、全員が食堂車に集まってきたが、いるはずの二人の顔が見えない。加瀬と黒田だ。

「おかしいわよ。ちょっと様子を見てきてよ」

じゅん子さんに言われたおれは、まず加瀬の部屋をノックした。

しかし……いっこうに返事がない。

次は、黒田の部屋に行くと、ドア越しに爆音が聞こえてきた。イビキだ。

「飯倉くん、社長を起こしてよ」

またしてもじゅん子さんに言われた。

合鍵でドアを開け、爆睡している黒田を揺さぶったが、まったく全然起きない。

仕方がない。ある意味、絶好のチャンスだ。こういう時じゃないと出来ないことをしよう。おれは黒田の頰を思いっきり殴ろうとした。

だがおれの拳が頰に激突する寸前、黒田の目がくわっと見開き、おれの腕が摑まれた。

「こら飯倉。お前、今ナニやろうとした？」

「いや何も。社長を起こそうとしただけっす。加瀬さんが全然起きてこないんスよ」

「寝坊しとるだけと違うんか？」

しぶしぶ起き上がった黒田は、そのまま加瀬の部屋に行き、合鍵を使ってドアを開けた。

「なんやこれは！」

叫ぶ黒田の背後からおれが目にしたのは、驚くべき無惨な光景だった。

ベッドの加瀬は口の周りを血に染め、目を見開いたまま、まったく動かない。

どう見ても、死んでいる。

「雪に閉じ込められた豪華列車で人死にや。あの、世界的に有名なアレと、完全に同じシチュエーションちゅうことやがな！」

加瀬のベッドから出た片手には軽度の火傷《やけど》の痕があり、その下の床が濡《ぬ》れている。

寝具を真っ赤に染めているのは、どうやら口からの出血だ。

「歯が落ちとる。出血の原因はこれや」

黒田が指さした床には血まみれの歯が一本、落ちていた。

「そして歯を抜くのに使われたんはこれやな」

ベッドサイドのナイトテーブルには、血のついたヤットコが置かれ、ほかにもNPOのパンフレット、リアルな猫の刺繍が入った高級そうなハンカチ、線香や薪に着火するのに使うチャッカマンが置いてある。

真鍮《しんちゅう》製の灰皿には煙草の吸い殻が残され、血の臭いに混じるジタンの香りにおれは気がついた。灰皿の傍《そば》には加瀬のものと思《おぼ》しい腕時計。ガラスは割れ、時計の針は一時を指して止まっている。

ワクワクした様子を隠さず黒田が布団を足元まで剝がすと、はだけられた加瀬の胸元には九個の丸い、軽い火傷のような跡があった。

そのありさまをじっくりと検分する黒田は生き生きとし目はキラキラと輝いている。

「社長、もしかして楽しんでないっスか？」

だがおれの言葉が一切耳に入っていない社長は、なおもコンパートメントの中をあれこれと観察し続け、窓の遮光カーテンを開けたり閉めたりなどの謎の行動をとった。

「こら飯倉。ゆんべワシはこれまでにないほど爆睡してもうて、何が起こったかまるで知らん。お前が見聞きしたことを全部言え」

おれは、思い出せる限りのことを喋《しゃべ》った。

「重大な告白が……おれは昨夜、お客さんの三科さんとその、セックスを……」

「そんなことはどうでもエエ。お前の話やと、ぎゃーと言う悲鳴の後、加瀬の部屋からは加瀬らしくない丁寧な言葉遣いで『大丈夫です』たら言う声が聞こえて、奥さんが心配して大丈夫かと訊いたら加瀬らしく乱暴に『うるさい』という返事があって、食堂車の調理場に行ったらあや子がお湯を沸かした後で、調理台にシロップの瓶があった、ちゅうことやな？」

はいそうですというおれの返事を聞いた黒田は不謹慎にもニタリと笑った。

「そのあと食堂車を出たお前は、赤いガウンを着た誰かが前に走って行くんを見た、と。ワシの灰色の脳細胞が活動してきたデ」

黒田は自信満々な顔つきで付け髭をしごくと、おれに命じた。

「よっしゃ！　大体読めたわ。飯倉。全員を食堂車に集めてんか。あや子とじゅん子も一緒やで」

もしかして黒田は……愛人であるあや子さん、そして我が社に欠くべからざる戦力であるじゅん子さんですら、犯人である可能性があると思っているのか!?

食堂車に、乗客の全員と、じゅん子さん、そしてあや子さんが集められた。

「名探偵、みんなを集めてサテと言い、や。朝食を前にしてみなさんひもじいやろうと思うけど、始めるで」

探偵事務所経営なのだから当然という意見もあるだろうが、今の黒田は名探偵になりきっている。それも普段の武闘派ではない、どうやら本格的な推理を披露するつもりらしい。

「人死にが出とる。歯が勝手に抜けるわけもない以上、これは殺人や。殺した人物がおる」

黒田はそう言って一同を見渡した。

「考えられる答えは二つや。一つは、部外者の犯行で、その犯人は雪の中を逃走しよった。そして、もう一つは……」

黒田はもう一度全員をゆっくりと見渡した。

「簡単に言うてしまえば、みなさん全員が犯人や、という答えですワ」

全員が顔を見合わせ、ざわめいた。

「どうしてですの？　私たちにはあの男を殺すつもり、いえ動機などありませんでしたわ」

三科さんが震える声で言う。

「いいや、動機がある人間もおる。まず現場に残されとったパンフレット……等々力はん、これはあんたのNPO法人のものですな」

「愛しの肉球」のパンフレットを掲げる黒田に等々力夫人がうなずく。

「そうですわ。わたくしは保護猫の譲渡をしていて、そのパンフレットは、わたくしが加瀬さんに差し上げたものです」

「では現場に残されていたこのハンカチも、差し上げた、言わはるんですか？」

猫の刺繍のあるハンカチを黒田が突きつけると、そこに安東夫人が割って入った。

「そのハンカチは私のもので、刺繍は私が飼っていたショコラの姿を写したものです。私のイニシャルが入っているでしょう？　E.A.と。なので、等々力さんは関係ありません」

「そうしてお互い庇《かば》い合っても無駄でっせ。ワシにはぜ〜んぶ判っとるんや。数ヵ月前のことやけど、こんな事件がありましたな」

ナインライブズ事件。それはおれも知っていた。ネットの生き物虐待サイトに煽《あお》られた男が猫九匹を惨殺し、その動画を公開した事件だ。あまりに残虐な事件に心を痛めた猫愛好家たちが苦痛に耐えて動画を解析した結果、男は身元を特定され、逮捕されるに至った。

「猫には九つの命がある言うけど、それを全部奪ったと豪語する外道が犯人やった。

そいつこそが加瀬やったんと違いまっか？　整形して顔も、そして名前も変えとるけどな」

　どや顔の黒田は続けた。

「思い出したワ。この加瀬は、いろいろと差し障りのあるもんをひそかに輸入してはヤバい筋に流しとった。そういうワルや！」

　黒田はさらに声を大にして主張した。

「大体裁判官が悪い。なんで執行猶予にしたんや？　実刑さえ打っとったらこんな事には」

「父は悪くない！」

　そこで叫んだのは辺久田青年だった。

「父は現行法で可能な、最大限の処罰を与えたのです。警察も検察も努力しました。書類送検ではなく逮捕、実名報道を許可し、裁判も公開で顔出しでした。判決も求刑を下回ることなく同等の一年十ヵ月。執行猶予も四年とかなり長い。それなのに不当に甘い判決だと父は非難され、虐待犯を擁護したとまで」

「だって実際に擁護してるじゃんよ？」

　怒ったのはあや子さんだ。

「可哀想な猫たちと同じ目に遭わせたい、それがうちらの正直な気持ちだよ？　なのに牢屋《ろうや》にも入らないで済むなんて」

「そうなんです。主人を実刑にしてくれていれば、正臣も……うちの子も学校に行けなくなることもなくて」

加瀬夫人がわっと泣き崩れた。

「あの人のしたことのために、私たちは……家に帰れば扉に、ひどいことになった猫の写真が貼られているんです。近所の人たちは誰も私たちに口をきいてくれません。せめてあの人が……引っ越すことを許可してくれていれば、離婚に同意してくれていれば」

「奥さん、あんたにも動機はあった、いうことやな。しかしまあ、そういうことも込みでの社会的制裁ちゅうことやから」

家族までが叩かれるのは仕方ないのだ、と黒田は言った。おれもそう思っていただろう。正臣くんの暗い目を見る前であれば。

「つまりこの事件は善と悪とのバランスが取れておらん。正義の女神は目隠しをして剣と天秤《てんびん》を持っとるそうやが、たま〜に出来レースちゅうんか、天秤の片っぽに余分な重りが載っかっとることもある。いわば天秤が壊れて、剣の切れ味もなまくらになってもうたケースや。みなさんはそんな女神の目隠しを外させ、重りを取り去り、剣の切れ味を取り戻そうとした、そうとちゃいまっか？」

「その通りですわ」

一同を代表して、三科さんが認めた。

「私たちは猫に熱湯をかけたりバーナーで火炙《ひあぶ》りにしたり、最後には歯まで抜いて、残酷極まりなく殺した加瀬を心から憎んでいました。心から反省して懺悔《ざんげ》こそして欲しかったけれど……でも、私たちは加瀬を殺したりはしてませんわ。あんな男と同じレベルに堕《お》ちるのは嫌ですもの」

「なるほどな……あくまでもシラを切らはるおつもりやと。ほなまあ、順番に行きまひょ。一昨日の夜からや。加瀬はバンメシの時にあや子に熱い液体を浴びせられたあと、電気が消えて真っ暗な通路で何者かに生卵をぶつけられた。それから昨日の日中はとくに何と言うこともなく、また夜になって。そして加瀬は殺された。死因は出血多量。前歯をヤットコで抜いたのが致命傷になったようやな」

「でも、私たちにはアリバイがありますわ」

三科さんが言ったが黒田は否定した。

「それは一昨日の夜の事ですやろ。それもハッキリ言うて、みんなウソ付いてはりまんな。ガッカリや」

　先生に叱られた生徒のように、おれ以外の全員がシュンとしてしまったのには驚いた。

「まず、あや子や。お前が一昨日の夜、加瀬に浴びせたんは、夜光塗料を溶いたお湯やな？　加瀬の頭に洗い残しがあって、今でも不気味に光っとるわ。食堂車の床を調べれば夜光塗料が飛び散った跡が残ってるはずや。それにじゅん子！」

　黒田はじゅん子さんを指差した。

「お前もウソ付いとるな。というよりお前がこの事件を御膳立したんや！　乗客を選べる立場にあったのは誰や？　チケットを全部売り切ったお前以外にはないやろ？」

「そうです。でも悪いことをしたとは思っていません。動物愛護団体に、停車予定だった駅名を教えたのは私です。だから大張野駅に抗議の人たちが集まっていたのです」

「そんな小さいことはどうでもエエワイ」

　黒田はスマホを取り出して検索を開始した。

「あ！　この列車はスマホ禁止なのに」

辺久田が叫んだが黒田はギロリと睨んだ。

「ワシはこのツァーの主催者やからええねん。普通なら証拠を積み上げて犯人を絞り込むんやろうが、ワシは手っ取り早くヤマをかけた。仮説と言えばもっともらしいけどな。あんたら全員が例の事件の関係者やないか、ちゅう。その線で見ていったら見事ドンピシャや！」

黒田は乗客のテーブルをゆっくりと回った。

「弦田教授。あんたは加瀬が起こした猫惨殺事件に抗議するグループの理論的支柱や」

「いかにも。加瀬氏にぶつける卵は私が用意しました。無精卵であることが確実な卵です」

「そして等々力夫人は保護猫NPOの主宰者。あの事件で殺された猫の、九匹のうち八匹までは野良猫やったが、一匹だけ飼い猫がおった。その飼い主が安東はん、あんたや」

安東英玲奈が泣き崩れた。

「許せなかった。一番悪いのはあの日、ショコラを外に出した私……それは判っていても、あんなにむごい殺し方をするなんて……ごめんなさい、ショコラ！　私を恨んだよね？　どんなに辛かったか……苦しかったか。どうやって償ったら良いのか、気持ちの持っていきようがなくて」

彼女を抱きしめたのは三科さんだった。

「英玲奈。もう自分を責めるのはやめて。お願いだから」

「お姉さん！」

なんと、二人は姉妹だったのだ。

「ほれ見い。全員に動機があるやないか」

そう言った黒田はふと寂しげな顔になった。

「信用しとったじゅん子とあや子までがワシにウソ付いたんは、悲しいことやったけどな」

「申し訳ありません。でも時として法律が充分ではない場合がある以上、やむを得ません」

じゅん子さんが言い切った。正義感が強すぎるのも考え物だ。

「たしかに、私たちは、気持ちを同じくする仲間ですわ。でも、さっきも言いましたように、加瀬を殺そうなんてこれっぽっちも思っておりませんでした。加瀬に謝罪させ、懺悔させようとしただけです。しかし加瀬は頑としてそれを拒んだので

「……我々のやり方で加瀬を懲らしめようとしたのです」

三科さんがみんなを代表して話し始めた。

「あの男が猫を惨殺するのに使った品々や、私たちの気持ちが判るモノを枕元に置いて、自分の罪が決して許されていないことを判って貰《もら》おうとしました。でもヤットコはそこに置いただけで誰も歯を抜いてなどいませんわ」

夫人の言葉に全員が頷いた。

「卵をぶつけたのは、なんだかコドモじみているし、加瀬もまるで反省の色を見せなかったので、翌日にもう一段階アップした制裁を加えようということになったのです」

「その『制裁』が火を消したばかりの多目的ライター……チャッカマンですな、その先端を皮膚に押し当てて軽度の火傷をさせることでした。九個あったのは、加瀬本人と正臣くん以外の乗客全員、そして協力してくれたスタッフお二人の九人が一回ずつ当てたからです。猫の命ひとつにつき一個です」

弦田教授が言い添えた。

「それで死ぬ人はいないでしょう。だがあの男は、檻《おり》に閉じ込められて逃げ場のない猫を、本格的なバーナーで火炙りにしたんですぞ！」

それがキッカケになり各自が告白し始めた。

「お湯はあたしが沸かして魔法瓶から加瀬にかけた。卵とチャッカマンだけじゃ生ぬるいと思ったから。だけど熱湯にならないように気をつけたよ。ちょっと赤くなる程度だよ。熱湯をかけられて死んだ猫たちに比べれば、絹のハンカチで撫《な》でるようなもんじゃん」

「飯倉から聞いたが、加瀬のココアに睡眠導入剤のシロップを混ぜて眠らせたんもあや子、お前やな。じゅん子、お前は他に何をやったんや？」

「私は最初の夜、事前に知らされていた運行ルートから時間を計算しました。窓外に灯《あか》りのない、真っ暗な地域を通過するタイミングで電気を切り、私を含め全員が卵を投げられるようにしたのです。投げ終わって各自が部屋の扉を閉める音を誤魔化すために、警笛が鳴るタイミングも考慮しました。あそこはカーブと踏切が連続する場所だったのです。加瀬さんの部屋と奥さんとお子さんの部屋を繋ぐコネクト・ドアが壊れて開かないというのも嘘でした。ドアはきちんと開くんです。昨夜、みなさんは奥さんの部屋を通って加瀬さんの部屋に入り、睡眠薬で熟睡している加瀬にチャッカマンを押し当てたんです」

英玲奈さんの夫、留道も告白した。

「私も妻を鬱に追い込んだあいつを殺してやりたいほど憎んでいて、皆さんと一緒に卵とチャッカマンを……」

「ちょっと待ちなはれ。最初に言うたように、加瀬の死因は卵でもなければ根性焼きでもない。歯ァからの大量出血や。歯を抜いた犯人は、あや子が熱湯をぶっ掛けたように、卵とチャッカマンだけでは気が収まらんかったんやろう。けど、加瀬の歯を抜いたら出血多量でエラいことになると、ワシは知っとったデ。ワシは犯人とちゃうけどな」

黒田は加瀬のコンパートメントから持ち出した錠剤のシートパックを見せた。

「ワーファリン錠〇．五mg。これは血液が固まらんようにする薬や。普通、人間は怪我《けが》をしても血は止まる。しかしこの薬を飲んどると、全然血が固まらん。なんで知っとるか言うたら、そらずっと前にやった仕事や。いわゆる後妻業の女がおってな、邪魔な亭主に山ほど玉ネギを食わせて、この錠剤も飲ませて殺そうとしとった。危機一髪、ワシが気づいたんで亭主は命拾いや。しかもその薬の作用に拍車をかける睡眠薬があってやな。あや子が加瀬に飲ませたシロップが、ワーファリンの作用を増強するトリクロホスナトリウムを含む睡眠導入剤っちゅうわけや」

「だって……あたし知らないよ？　そんなこと。シロップを持ってきたのも……」

そこであや子さんはハッとしたように口を噤《つぐ》んだ。

「そのとおりや。あや子が知ってる筈はない。というより普通知らんわな、そういうことは。加瀬は歯を抜いたあと血が止まらずに出血多量で、もしくは出血性ショックで死んだんや。しかし、歯を抜いた犯人に殺意はなかった！」

黒田がそう言い切ると、加瀬の妻・美代子がわっと泣き崩れた。

「ごめんなさい。せっかく制裁に誘っていただいた皆さんを私、とんでもないことに巻き込んでしまいました。毎日毎日、あの人にひどいことを言われ続けて、暴力も振るわれて。このままではうちの子があの人を殺すのも、時間の問題だったでしょう。しかもあの人は皆さんの全員に謝罪を要求されても自分の罪を認めなかった。あの人の性格として離婚に応じてくれる筈もなく、考えれば考えるほど八方塞がりで、あの人が憎くて憎くてたまらなくなって……気がついたら手にヤットコを」

「奥さん、あなたは沈黙を守りなさい！」

安東留道が立ち上がった。

「この際白状してしまおう。実際に加瀬を殺したのは私だ。あんまり腹が立ったので、あの男が猫にしたように、懲らしめてやろうと歯を抜いたら、死んでしまったんだ！」

妻の飼い猫は加瀬の罠《わな》に掛かって監禁され、惨殺された、それを知った妻は流産し、以後、子どもを授かれない身体になってしまったのだから、と安東留道は言って妻を抱きしめた。

「いえ。歯を抜いたのは私ですわ」

今度は留道の妻・英玲奈がよろよろと立ち上がった。

「夫は私を庇っているのです」

「いや、抜いたのは僕だ」

辺久田が証言を翻した。

「考え抜いた判決を下した父が世論から叩かれ、侮辱される原因を作ったあいつ。法の隙間をついてまんまと実刑を逃れたあいつが憎くてたまらなかったんだ」

「いえ、抜いたのは実は私です。私は世の中に平然と行われている種差別、人間とそれ以外の動物との間に引かれる一線が許せないのです。あれが猫ではなく人間に対して行われた所業だったらどうですか？ 間違いなくあの男には、死刑が宣告されていたでしょう」

弦田教授までもが違うことを言い始めた。

「みなさん、嘘を付くのはお止《や》めになって。全部私が計画して、全部私がしたことです。あの男のせいで流産し、子どもを授かれない身体になってしまったのは、妹なのですから」

　三科さんが英玲奈さんの肩を抱いた。

「子どものいない私は『伯母《おば》さん』と呼ばれる日を本当に楽しみにしていました。でも、私はもう、妹が産む赤ちゃんの顔を見ることができなくなったのです。さあ、私を殺人犯として、警察に突き出してください！」

　ほぼ全員がお互いを庇い、歯を抜いたのは自分だ、罪に問われるのなら自分ひとりにしてほしいと訴えた。

「……せっかく苦労して保護して、人馴れさせて手術もして、ようやく安東さんにお渡ししたショコラの、名付け親がわたくしです」

　今まで黙っていた等々力夫人も発言した。「わたくしの努力をあざ笑い、唾を吐きかけたあの男が、わたくしには許せませんでした」

「なんとまあ、反乱奴隷のスパルタカスはワシやとみんなが競うような勢いでんな」

　黒田も呆《あき》れ果てている。

「ようもまあそれだけあることないこと、するする出てくるもんや。みんな、いい加減にしなはれや。法は法でっさかい。誰かが加瀬の歯を抜いて死に至らしめたんは、間違いのない事実や。加瀬の代わりに返事をしたのは誰やったかとか、誰がドラゴンの真っ赤なガウンを着て走ったとか、細かな部分はいろいろあるけどもや、どうせみんなでチマチマ偽装工作したんやろ。いちいち謎解きする必要もないことや」

黒田は綿密な謎解きを放棄した。まあ、大筋は判ったことだし……。

「この分ではワシは皆さん全員を警察に突き出さなくてはなりまへん。北海道の警察は取り調べがキツいらしいでっせ。知らんけど」

黒田が「これにて一件落着！」と言い出しそうになったとき、三科さんが進み出た。

「それは構いません。覚悟の上です。でも黒田さん。警察に連絡される前に、これを……これだけは見てほしいのです」

三科夫人がおれたちに見せたのは二枚の猫の写真だった。

一枚目の写真は、元気なときのショコラだった。ふかふかの毛皮。訴えるような丸い目。愛らしさでいっぱいのその姿。

二枚目もショコラだが、うつろな目で力なく横たわっていた。既に死んでいるのかもしれない。毛皮は焼け焦げ、見るかげもない。水をかけられたのか、焦げた毛が細い身体にはりつき、大きさが半分ほどになってしまっている。その口からは血が流れ出し、まわりには無惨に抜かれた歯が散らばっている。

それを見た黒田の顔色が変わった。真っ青というよりは白っぽくなり、額には脂汗が滲《にじ》み、付け髭の下の唇がわなわなと震え始めた。

「その携帯を貸していただけます？　動画を見ていただきたいの」

追い打ちをかけるように、三科さんが携帯で検索した画面を黒田に差し出した。

「取り調べをした警察の方が見て泣いたという動画ですわ」

おれにはもうそれを見る勇気はない。だがスマホからは猫の絶叫と外道男のあざ笑う、勝ち誇るような声が聞こえてきた。

『どうだ？　いいザマじゃないか！　もう逆らう元気もないよな？　お前が九匹目で、これで満願だ。花壇を荒らして糞尿《ふんにょう》を撒《ま》き散らす害獣への制裁だ。よくぞやってくれましたと喝采するやつがネットには山ほどいるぞ！』

「もう……充分ですワ。やめとくなはれ。この外道は人間とちゃうわ。殺されて当然や」

黒田はげっそりとした顔でおれを見た。

「おいこら、飯倉。お前は派手なガウンを着て、車掌室のほうに逃げる人影を目撃した言うたな？」

「はい、たしかに見ましたが、それは」

偽装では、と続けようとして、おれはハッとした。

黒田には、何らかの意図がある。

「飯倉くんが見たのは、このガウンじゃありませんか？」

じゅん子さんが派手なドラゴンの刺繍のある深紅のガウンを持ってきた。

「これが車掌室の網棚の上に残されていました。窓も開いていて、外の雪の上に足跡が残っていました」

そうか！　と黒田が絶叫した。

「でかした！　そうやそうや。そいつが犯人や。ガウンを着て乗客を装って逃げ、窓から外に逃げたんや。犯人は乗客の誰でもない、ホトケさんに恨みを抱いとった外部の人間や。どうせ加瀬の本業で揉めとったんやろ。この外道、叩けば埃《ほこり》がなんぼでも出て来るで」

これにて一件落着、としてしまいたいのがありありな様子で、黒田は見得を切った。

「皆さんもそれでよろしいな？」

もちろん、全員が頷いた。

「ほな、ワシはこれにてこの列車を降りさせてもらいまっさ」

「ちょ……それは困るっすよ」

社長は何者かになりきっているらしい。

「まあとにかく、ワシの方から警察にはあんじょう説明しときますわ」

ほどなくラッセル車が到着して雪崩の除去が始まった。

「ようやくツァー再開っスね」

おれは食堂車で一人でコーヒーを飲みながら作業を見守っている三科さんに話しかけた。

「猫虐殺の件はひどいっすよ。ただ……犯人の加瀬のことはいくら暴いてもいいと思いますけど、家族の情報までネットに晒《さら》されたのはちょっと……家族は関係ないじゃないっすか？　奥さんも息子さんも旦那のしでかしたことで追い詰められて……罪の意識ってモンは無いんすか？」

三科さんは、ひどく真剣な顔をしておれを見つめた。

「法律は時として充分ではない。罪の意識？　そういうものは、あの猫たちの亡骸《なきがら》と一緒に埋めてしまったわ」

そう言うと三科さんは部屋に戻って行った。

「気持ちは判るっスけど……でも、まさか猫のために泣ける人たちに、殺人なんて真似が出来るはずも無いんで」

カップを下げに来たじゅん子さんに、おれは言った。

「やっぱ黒田社長の推理が、絶対に正しいっすよ。犯人は外部の誰かで、雪の中を逃げてしまった。その足跡は降る雪が覆い隠してしまった……」

そう言ったおれを、じゅん子さんはまじまじと見つめた。

「飯倉くん、第一の解決を信じているのね。でも考えてもみてよ。歯を抜いただけで死ぬとあらかじめ判っていた人は誰なのかしら？　一緒に暮らしてて亭主の持病や、飲んでる薬を知らない奥さんっているものかしらね？」

# 第三話　豪華客船の反乱

## 出港

十五時。

横浜《よこはま》港の大桟橋には白亜の殿堂とも称すべき、巨大な豪華客船が接岸していた。船というより、さながら十四階建てのビルを横倒しにしたような偉容だ。

国際客船ターミナルから渡されたボーディング・ブリッジを大勢の乗船客が渡り、その豪華客船「パシフィック・プリンセス」に続々と乗り込んでいる。

5デッキ、つまり船の五階に当たるエントランス・ロビーでは、四本の肩章が入った制服と制帽にビシッと身を包んだ大柄の男が、船長やチーフパーサーと並びニコヤカに乗客を迎え入れている。「ウェルカム・アボード」などと言う英語も口にしている。

「黒田《くろだ》社長！」

四本肩章の男におれは近づいて呼びかけた。

「おいこら飯倉《いいくら》。この航海ではわしはジェネラル・マネージャーや！　社長とちゃうわ。きっちりそう呼ばんかい！」

濃紺のブレザーを着たおれは怒られた。

黒田が社長を務める「ブラックフィールド探偵社」は、探偵社とは名ばかりで近年はもっぱら副業で食っている。今回は「ナレンシフ・ツァー」という聞いたことがないツアー会社が企画した、豪華客船の旅を手伝うのだ。

黒田はジェネラル・マネージャーとして船のオペレーション全体を見る総責任者、社の業務一切を取り仕切っている万能で才色兼備のじゅん子《こ》さんはその助手、黒田の愛人・あや子《こ》さんは営業促進係、そしておれ・飯倉は例によって、なんでも屋というかパシリというか、よろずトラブル引き受け係だ。

「しかし旅立ちの光景っていうのは、何度見てもいいもんっすね」

船でも、列車でも、とおれは思った。おれたちがこの前に手がけたのは超豪華クルーズトレインの企画だった。商売としてはかなり儲《もう》かったし、何よりも車内で起きた殺人事件を解決したことが大きかった。乗客のアンケートの結果が抜群によかったのだ。その実績を買われてウチの探偵社に、豪華客船の運営の仕事の声がかかったというわけだ。

だがこれにはウラがある。顧客アンケートの結果が良かったのは、殺人事件の犯人が「乗客全員」だったからだ。それを見抜いたにもかかわらず見逃してやったのだから、アンケートの結果が大絶賛になるのは当たり前なのだ。

「で？　アホの飯倉、ワシに何の用や？」

「あの、大浴場のお湯の出が悪くて……」

「そんな事をジェネラル・マネージャー様にいちいち言うてくるな！　お前が自分のドタマで考えてなんとかせい！　アホか！」

この船は、別の事件で一度、テロリストに乗っ取られている。その際に細菌爆弾が積まれたという噂《うわさ》が立ったうえに、実は経営が苦しい船会社がわざと沈め、保険金を詐取しようとしていた、という不祥事までがバレた。スキャンダルまみれの船というレッテルが貼られた結果、持ち主の船会社は倒産し、この「パシフィック・プリンセス」号のイメージも最悪になってしまった。

いわば「凶状持ち」になってしまったこの船を安値で買い叩《たた》いたのが、「ナレンシフ・ツァー」という国籍不明の会社だ。

今、日本の富裕層の間では「豪華客船の旅」がちょっとしたブームになっている。それを当て込んで、日本人にウケるように展望風呂やスシバーを急造・増設して、横浜に現れたのだ。

今回の船旅は「ウルトラ激安！　これ以上ないスーパーリーズナブルな豪華客船の旅！」と銘打ったもので、とにかく安い。南大東島《みなみだいとうじま》往復一週間で、旅費はなんと二万円ポッキリ！　大半が洋上だが、船にはレストランやシアター、そしてプールもあって飽きることはまったくない。コストパフォーマンスを考えればタダみたいな旅と言える。

激安の先入観があるせいか、乗ってくる客が富裕層と呼ぶにはちょっと違う感じがする。

おれの微妙な表情を黒田も察知したようだ。

「飯倉よ。人を見かけで判断したらアカンぞ。金持ちほど質素な格好をしとるもんや。なんせこのツァーに参加する人らは全員、厳正な審査にパスしとるんやからな！」

それはおれも知っている。

　申し込む客は、ナレンシフカードというクレジットカードを作り、預金通帳、源泉徴収票、給与明細、所有不動産の権利書など、全資産のコピーを提出しなければならないのだ。

「まるで巨額の融資を銀行に頼むみたいやろ。ワシが言いたいのはな、そこまで厳格な審査にパスした客ばっかかりっちゅうこっちゃ」

　スチュワードたちが「ようこそいらっしゃいました」と挨拶しつつ、乗船してきた乗客の手首に、リストバンドを巻いている。

　船内ではカード代わりに機能するというその「リストバンド」なるものは……灰色の螺旋状《らせんじょう》になったコードを、お客さんの手首に巻き付けるというシロモノだ。どう見ても既視感が拭えない。『豪華客船パッセンジャーのしるし』というよりは……。

「『日帰り温泉のロッカーの鍵』そのものっすよね？」

「そや。便利やろ？　無くす心配が無い」

「いえ、豪華客船のイメージが一気に崩れ去る、異様なダサさではないかと……」

「なんやとコラ飯倉」

　黒田の目に殺気が走った。

「あのリストバンドはワシのアイディアや！　お前、いつの間にこのワシにそんな偉そうな口利くようになったんや？　あ？」

ジェネラル・マネージャーという立場を忘れた黒田が俺の胸ぐらを摑《つか》み宙に持ち上げたところで、船長に「まあまあ」と止められた。

「人目がありますんで、お平らに」

黒田は渋々おれから手を離した。

そこに、スチュワードの制服を着こなした男装の麗人・じゅん子さんが書類を持って現れた。

「乗船名簿との照合完了しました。今、ボーディング・ブリッジを渡っているお客様が最後尾です。これで全員ご乗船完了になります」

「判《わか》った。船長、出発準備完了でっせ。定刻通り、十七時に出港しとくんなはれ」

黒田は出港を宣言した。

どうもこの船では船長よりジェネラル・マネージャーの方がエラいらしい。

「出港や！　お前らも準備せんかい！」

判りました、と答えて持ち場に向かおうとしたおれの襟首を黒田が摑んだ。

「アイアイサーと言わんかい、このボケカスアホンダラ！　そうせんと気分が出んのや！」

「では……アイアイサー」

「『では』が余計や！」

やがて、ボーディング・ブリッジが外され、出港のドラが古式ゆかしくじゃんじゃーんと鳴り、腹に響く「ヴォーッ」という汽笛が高らかに放たれた。

船はゆっくりと大桟橋を離岸して出港した。

デッキではウェルカム・ドリンクが配られ……つまりおれやじゅん子さんやあや子さんが乗客にシャンパン、もしくはオレンジジュースを手当たり次第に渡しているのだが、その傍らではバンドが「波路はるかに」を奏でている。

黒田も客の中に入っていって愛想良く「ボン・ボワイヤージュ！」などと言っている。

すぐに横浜ベイブリッジの下をくぐったが、乗客は豪華客船の雰囲気に早くも酔ったのか、楽しそうにはしゃいでいる。しかし、船に乗ったことがほとんどないおれは、穏やかな東京湾をゆっくり航行しているだけなのに、その僅かな揺れにも酔ってしまいそうだ。

船は出てゆく煙は残る、港出船《みなとでふね》のドラ音たのし、というやつか。

曰《いわ》く付きの豪華客船「パシフィック・プリンセス」号は、かくして無事、出港した。

## 航海

このツアーには「本物の富裕層」しか乗船していないと黒田は言ったが、それを疑わせるような光景を、おれは次々と目にすることになった。どうにも、乗客の振るまいが貧乏臭いのだ。

出港直後に始まった「第一夜のディナー」から、早くも目を疑うことになった。

この船の食事は、最終日の「フェアウェル・ディナー」を除き、すべて食べ放題・取り放題のビュッフェ形式になっている。メイン・ダイニングにおいて朝昼晩の、すべてが食べ放題なのだ。ところが、何ということだろう、裕福なはずの乗客たちが、ストッカーを持ち込んで料理を詰め込んでいる。ここで思う存分食べて帰ればいいだけなのに、ハンバーグやローストビーフ、天ぷらに刺身、麻婆豆腐《マーボーどうふ》や海老《えび》チリ、餃子《ギョーザ》を容器に詰めているのだ。パンも取り放題なので、ほとんどの客が食べきれないほどのパンをお皿に載せて席に持って帰る。どうするんだろうと思って見ていると、これまた堂々とレジ袋にパンを詰め込んでいる。コーヒーやジュースもお代わり自由だから、それはステンレスの魔法瓶に注いでいる。アルコール類は別料金ということは知れ渡っているので、誰も注文しない。

メニューの説明、および愛想を振りまくために黒田と一緒に場内を回っているシェフに、おれは注意を喚起した。

「ちょ、お客さんが料理や飲み物をパクってますけど、いいんすか？」

「仕方ないですよ。地方のバイキングなんかでも、こういうお客さんは多いから」

とシェフは苦笑しつつ見て見ぬフリだ。マナーとしてはカッコ悪いこと夥《おびただ》しいが、明確なルール違反ではないので文句は言えない。

「けど、この船のお客さんはみんなお金持ちなんですよね？」

「飯倉、お前な」

横から黒田が割り込んだ。

「金持ちがみ〜んな上品でマナーを心得た品格ある人やと思うとったら大間違いやデ。人格と預金残高は無関係や！　いやむしろマイナスの相関関係にあるんや」

ケチって溜《た》め込むから金持ちになるんやろが、と断言されては何も言えない。

この船に乗る前は健康ランドの、食べ放題レストランにいたというシェフも、黒田の発言に大きく頷《うなず》いた。

食事が済むと、夜のお楽しみだ。

この船には三つのシアターがあって、それぞれ別のショーを時間差を付けて上演する。

「シアター・パシフィック」ではマジックやレビューといった洋物。「シアター・プリンセス」では昔のヘルスセンターでやっていたような、無名演歌歌手の座長公演で、内容は第一部「お芝居／瞼《まぶた》の母」、第二部「歌謡ショウ」というベタな構成だ。そして三つ目の「シアター・ハリウッド」では、二年前に公開されたハリウッド製のドンパチものをエンドレスで上映している。

四日目に演目を変えるので、日を分けて鑑賞すればなんて事はないのに、お客たちはナニを勘違いしているのか、ショウが終わった瞬間、血相を変えて一斉に席を立った。フロアの違う、演歌歌手の座長公演めがけて突っ走る。それはもう、バッファローの暴走さながらの、物凄《ものすご》い大移動だ。

「みなさま、危ないですので押さないでください。ショーは明日も明後日も上演しますので、今夜焦って観《み》なくても大丈夫ですから！」

「何言ってるのよ！　明日なんかどうなるか判らないでしょ！」

確信に満ちた反論をされると、誘導しているじゅん子さんも返答に困ってしまう。

黒田社長の愛人で、普段、暇つぶしに事務所の手伝いをしてくれているセクシーなあや子さんは、客引きの役回りだ。開演時間前に各シアターの前で、超ミニとタンクトップというセクシーな格好で「もうすぐ開演で〜す！」と客引きをしていたのだが、客がラッシュアワーの山手線並《やまのて》みに猛然と殺到した結果、揉《も》みくちゃにされてしまった。

「あたし、必要ないみたいよね」

衣裳《いしょう》がビリビリに裂かれて下乳も上乳も丸出しのあられもない格好になってしまったあや子さんも、お客の狂騒状態にお手上げだ。

だが中には、そういう大騒ぎには加わらないで、ラウンジで優雅にお茶をしている、お上品な高齢の二人のご婦人もいた。

おれは敬意を込めてコーヒーを注ぎに行ったが、彼女たちの会話を聞いてしまった。

「明日の朝ご飯は、早めに行かないとね」

「どうして？」

「バカね！　早く行かないとなくなっちゃうでしょ！」

いえいえ品切れはあり得ませんから、とおれは言おうとしたが、我慢した。お客に恥をかかせてはいけない。

シアターの出し物が終わるのは二十二時。それに合わせてメイン・ダイニングでは夜食を出す。メニューはうどんにおにぎり、サンドウィッチや小さなケーキといったものだが、ここにもイナゴの大群と化した客が襲いかかって、食い尽くす。すべてのメニューが補充を余儀なくされ、厨房《ちゅうぼう》は増産に大わらわだ。

そして……お腹《なか》がくちくなると、次はお風呂だ。温泉旅館に泊まっている感覚で寝る前にひとっ風呂、と誰もが同じ事を考える。おかげで男湯も女湯も大賑《おおにぎ》わい。というより、芋洗い状態だ。当然、スタッフだけでは捌《さば》けないので、おれたちも出動した。接客というより苦情承りだ。「混みすぎ！」「これじゃ難民船だ！」というクレーム、いや罵声を一身に浴びる。

午前零時を過ぎて……ようやくお客たちのほとんどが船室に戻って、眠りに落ちた……。

とおれがホッとする間もなく、クレームの電話が鳴り響いた。

『ちょっと。隣の部屋だけど、なんとかしなさいよ！　うるさくって寝られやしない！』

船室で酒盛りを始めて大騒ぎになった客の隣室から苦情が出る。「お静かに」と言いに行ったおれは、すっかり出来上がった客から罵倒されたが、それでもなんとか収拾した。

船がようやく静かになったのは、もう夜明けも近い午前三時過ぎだった。

「社長……いや、ジェネラル・マネージャー。毎日これだと一週間持ちませんよ」

誰もいなくなったラウンジにブラックフィールド探偵社の四人が集まった時、おれは社長に進言、いや文句を言うしかなかった。

朝は五時からラウンジがオープンして軽食を提供、午前七時にはメイン・ダイニングで朝食が始まる。その用意を考えると……おれたちには寝ている時間がない。

「まあ、あと一日の辛抱や」

黒田は自信たっぷりに言い切った。

「お客も、初日は興奮して走り回っとるが、明日になったら落ち着く。ショーも同じモンやし、メシ食うたら部屋でゆっくりしよか、いう気分になる。今は好奇心でギンギンやさかい、メシもガツガツ食うけどもや、明日になったら落ち着くテ。食えるもんはだいたいこうやと、もう全貌が判っとる訳やからな」

「クロちゃん、それって楽観的すぎない？」

あや子さんが黒田を睨《にら》んだ。

「今の発言に根拠はあるんでしょうね！」

「お前ら、いちいちうるさいな！　長生き出来へんぞ！」

黒田はキレかけた。

「一応言っておきますが」

じゅん子さんも厳しめの声を出した。

「乗客の中に要注意人物がいます。今日のところは問題ありませんでしたが、今後は特別な対応が必要になるかもしれません」

じゅん子さんはそう言ってファイルから数枚の書類を抜き取り、テーブルに並べた。

「エロ高官として有名になった財務省の関原《せきはら》氏、それに彼を追いかけている記者数名が乗船しています。うち二人は女性記者です。一組はお台場《だいば》テレビ。こちらは取材対象がセクハラ次官、いや関原次官だけに、用心して男女の記者コンビで乗船しています。一方、テレビ六本木《ろっぽんぎ》は、予算の都合だか何だか知りませんが、女性記者単独です」

並べられた書類には顔写真がついている。エロ高官は、見た目はごく普通の、温厚そうなロマンスグレーの中年男だ。真面目《まじめ》な顔をして写っているが、こういう男こそ酒が入ると豹変《ひょうへん》するのではないか。いや、酔ってなくても、まるで呼吸するように下ネタが口から出て来るのかもしれないけど。

お台場テレビの女性記者・大串充希《おおぐしみつき》は派手な顔立ちに「ギャル」みたいな派手なメイク、しかもカラダの線がハッキリ見えるシャツで、巨乳を強調している。

「この別嬪《べっぴん》はん、カラダもそそるけど、このぶ厚いクチビルの口許《くちもと》がエロいな。フエラが巧《うま》そうや。記者っつーよりソープが似合うデ」

「クロちゃん、それ、セクハラ発言だよ！」

あや子さんがすかさずチェックを入れる。

「ジェネラル・マネージャーという地位ある人が言っては、イケナイことだよ」

「ほうか。エライ奴《やつ》ちゅうのは窮屈なモンやな」

黒田は頭を掻《か》いた。なんだかんだ言って、社長はじゅん子さんとあや子さんには頭が上がらないのだ。そのシワ寄せはすべておれに来るんだけど。

「大串充希は二十八歳で東大経済学部卒です」

「そうは見えんなあ……このエロさ」

思わずそう言った黒田は、慌てて口に手を当て、自分で頭を小突いた。

対照的にテレビ六本木の女性記者はと言えば……見るからに清楚《せいそ》だ。名門大学をトップの成績で出たような、絵に描いたような秀才というか、生真面目で大人しそうなタイプだ。

「三崎由貴乃《みさきゆきの》、二十六歳。聖心《せいしん》女子大の文学部卒です」

「こっちはまた、箱入りのお嬢さんみたいな別嬪さんやなあ。ワシが親ならマスコミみたいなヤクザな世界に入れんと、さっさとヨメに……」

と言いかけて、黒田は慌てて話を変えた。

「要するにお台場テレビは肉食系、テレビ六本木は清純派。どっちも美人やな。テレビ局は、色仕掛けで取材させるモノなんか？」

「女性記者だからと言うより、ずっとこの分野の取材をしてきたスペシャリストなので、この取材を振られたという事なのかも」

じゅん子さんが補足した。

「お台場テレビの大串記者と一緒に、さっきも言いましたけど男性記者の小堺実《こざかいみのる》・二十六歳もチームとして乗り込んでいます。その意味ではコンプライアンスは守ってるって事ですね」

「コンプか昆布かよう判らんが、いちいち面倒やな。だいたいこのエロ高官ちゅうもんは、なんでこの船に乗っとるんや？」

「はい。国有財産を不自然なまでに割安な価格で、現役閣僚の友人が経営する学校に払い下げたという疑惑が出ています。その売却に関して決定的な判断を下せる立場にあったということで、関原次官は国会に呼ばれそうになっているんです。ここ一週間がヤマ場なので、それを避けるため、ではないかと」

明治時代に官営の工場などを時の有力者に払い下げようとして、それが大揉めに揉めて政変になった事件と似ている、とじゅん子さんは言った。

「お前はなんでもよう知っとるな！」

黒田は皮肉ではなく賛嘆の眼差《まなざ》しになり、じゅん子さんを褒め称《たた》えた。

「全部、新聞に載っています。社長もニュースくらいはご覧になってください」

じゅん子さんはぴしりと言った。

「このエロ高官……国会で問題になったので現在休暇と称して雲隠れ中ですが、この関原氏は最上級のロイヤル・スイートの船室を取っています。きっと官房機密費と称する国民の税金を使って乗ってるんでしょう。それに引きかえ記者の方たちは、一番安いスタンダードの船室ですが」

「記者も自腹っちゅうことはないわなあ。まあ、親方日の丸の方が金持ちっちゅうことか」

判った判ったと黒田は大きなあくびをした。

「ほな、そろそろ寝よか。あ、ワシは朝から愛想を振りまかんでもエエやろ？　ちょっと寝坊させて貰《もら》うデ。その代わり、飯倉、お前はワシの名代《みょうだい》として目ェ光らせるんや！」

言うだけ言うと、黒田は「ほなお休み」と挨拶していなくなってしまった。

「……たぶん、記者の側はあの手この手でエロ高官に接近して話を聞き出そうとするはず」

じゅん子さんが捜査会議の刑事みたいな口調で言った。

「この三人はお互い、ライバルがこの船に乗ってると知ってるんでしょうか？」

おれが訊《き》くと、じゅん子さんはうなずいた。

「たぶん、記者同士は判ってるはず。雲隠れエロ高官もマスコミには警戒してるはずだから、乗船レセプションか夕食の時に、記者の顔を見かけて、気づいてはいるかも……」

貧乏臭い客の世話をしなければならない上に、三つ巴《どもえ》の取材で起きるだろうトラブルのケアもしなければならないのか……と思うと、おれは心底うんざりした。出港してからはずっと、てんてこ舞いの忙しさで船酔いをしているヒマはなかったが、仕事を終えて我に返った今は疲れもあって、なんだか酔いそうだ。折しも船は完全に東京湾を出て外洋の荒波を受け、揺れ始めたところだ。

「この揺れ、ずっと続くんでしょうか？」

「あら、こんなの揺れのウチに入らないわよ。この船には高性能なスタビライザーがついてるんだから、嵐が来ても大丈夫よ」

妙に詳しいあや子さんが心配そうにおれに訊いた。

「飯倉くん。大丈夫なの？　先は長いよ！」

スタッフ用の船室は、５デッキにある、販売されていない部屋が割り当てられている。

おれは部屋に入るなり、ベッドに倒れ込んだ。もう、クタクタだ……。

泥のような眠りに溺れていると、濃霧の向こうから救急車がやってくる夢を見て目が覚めた。枕元のスマホが鳴っている。じゅん子さんからだ。

「ナニしてるの！　もう七時でモーニングが始まってるのよ！」

「でもそれはレストラン部門の仕事ですよね」

寝ぼけながらもおれは抗弁した。あと少しでいいから寝ていたい。起きるのがイヤだ。

「何言ってるの！　苦情受け付けは飯倉くんの担当でしょ！　今乗船しているレベルのお客だと、絶対に苦情が出るんだから！」

じゅん子さんがキレたので、おれは飛び起きた。

制服のまま寝ていたから、手櫛《てぐし》で髪を整えてそのままメイン・ダイニングに向かっていると、どん、と後ろから突き飛ばされた。昨夜、紅茶を飲みながら「早く行かないと朝ごはんがなくなる」と喋《しゃべ》っていた老婦人が血相を変えてメイン・ダイニングに走って行く。

「ちょっと！　朝食はなくならないですよ！　危ないので走らないでください！」

思わず声をかけたおれだが……メイン・ダイニングに着いて驚いた。

一番手間がかかり、原価も高そうな和食類がすでに「終了」していた。残っているのは安価な漬け物やしらすおろしだけ。ご飯と味噌汁《みそしる》も終わりかけている。

洋食ではベーコンやハムがほとんど終了して、パンもクロワッサンが終わってしまって、老人の歯には固いバゲットや、ドイツパンだけが残っている。

時間を見るとまだ七時十五分だ。朝食開始からわずか十五分でこの船の客たちは、おかずをほとんど食い尽くしてしまったのか……。

　いやいや、そういう話ではない。厨房スタッフが品切れのおかずを補充せず、「終了」してしまったことのほうに、おれはショックを受けた。

「ああやだやだ。豪華客船の旅って、いつでもどこかで何か食べられるのが基本サービスだと思っていたのに……この船は違うみたいね」

　いつの間にかおれの背後に立っていたじゅん子さんが呟《つぶや》いた。

「私の知ってる豪華客船と、ちょっと違うわ」

「え？　じゅん子さん、船旅のリピーターなんですか？」

「そういう訳ではないの。以前に豪華客船に乗り組んでいたってこと。私は海の女よ」

「え？　それは自衛隊を辞めてからの話ですか自衛隊に入る前の話ですか？」

「たしか、ラスベガスのカジノの後の話ね」

「ラ、ラスベガス？」

　じゅん子さんの経歴は、おれの知らないことだらけだ。

　朝食は、違うデッキにある和食堂で朝定食も食べられるので、ハシゴが出来る。

　実際、「いや〜食った食った。じゃあ次は和食に行こう！」と言いながら出ていく客も大勢いた。

「このヒトたち、本当に富裕層なんですか？」

訊いた相手のじゅん子さんも「さあ？」と首を傾《かし》げている。

そんな貧乏くささ満点の客の中に、あの「喚問逃れエロ高官」こと関原氏もいた。和洋とりどりのおかずを皿に満載して、ワシワシとかき込んでいる。お代わりを取りに行くのが面倒なのか、ご飯を入れた茶碗《ちゃわん》と味噌汁のお椀《わん》も、それぞれ三つずつ並んでいる。ここまで食欲旺盛なところを見ると、世間の追及を恐れてこの船に逃げ込んだ事情も、全然気にしていないってことなんだろうか？

そこに「関原次官、イエ関原さん。オハヨーゴザイマス！」と元気に挨拶をする女が、返事も待たずに同席してしまった。彼女はたしか……お台場テレビの派手な女性記者・大串充希だ。

長い脚をいっそう長く見せるピッチリしたジーンズに、これまた躰《からだ》に密着したTシャツを着て、丈の短いジャケットを羽織っている。だが、前が開いているので、大きく突き出したバストラインが見放題だ。

エロ高官が拒絶しないので、女性記者は向かいに座り込んで熱心に話し始めた。たぶん取材をしているのだろう。

それとなく近づいたおれは空いたテーブルを拭きつつ聞き耳を立てた。が、次官が話しているのは疑惑に関することではなかった。

「君はイイおっぱいをしてるよねえ。揉みほぐしたいねえ。こう、両手でモミモミと」

エロ高官は箸を置き、両手でモミモミする真似《まね》をした。その顔は完全にヤニ下がり、場末の酒場でオネエチャンを口説くエロオヤジそのものだ。酒も飲まずによくやるね。

正真正銘のセクハラを受けている女性記者なのだが、怒っているのかと思いきや、こちらもニヤニヤして逆に胸を突き出している。

「あら。じゃあモミモミさせてあげたら私に特ダネくれます？」

「それはまあ、考えておくよ」

「ダメですよ、約束してくれなきゃ。揉まれ損じゃないですか……それも悪くないけど」

と朝から妖しい雰囲気になったところに、スーツを着た男が割り込んできた。同じお台場テレビの小堺記者だ。

「お早うございます関原さん。録音取っていいですか？」

あとから席に着いた小堺は、自分が邪魔な存在なのに気づいていない。

「ウチの大串が取材してるようですが、関原さん。ボクもちょっとお話を伺いたいので、今、宜《よろ》しいでしょうか？」

「宜しくないね。きみ、空気というものを読みたまえ。今は、そんな無粋な話をする心境ではない！」

エロ高官は吐き棄《す》てるようにそう言うと席を立った。かなりの料理が手つかずだ。

「おいきみ。これ、片付けといてくれ」

おれはエロ高官直々に指示された。

「畏《かしこ》まりました」

そう言っておれが片付け始めると、大串充希は男性記者・小堺のおでこをバシッと音を立てて叩いた。

「ナニよあんた。せっかくこっちが関原をノセて喋らせようとしてたのに……台無しじゃないのよ！」

「だけど大串さん。取材は常に二人一緒でというのがウチの社のキマリでしょう？取材ルールの徹底を上から言われてるんですから」

「バカね。刑事の外回りじゃないんだから、ルール守ってたら聞き出せる話も聞き出せないよ。局自体がガケッぷちなんだから、報道で派手にぶちかまさなきゃダメでしょ?」

「いやしかし、ルールを守らない取材はネットで叩かれますよ。『だからマスゴミは』とか『他人に厳しく自分に優しいマスコミさん』とか」

「ちょっとあんた。どうしてこの私がこんなイケイケ・ファッションしてるか判る? 何のためだと思ってるの? 今どきこんな格好、すっごく恥ずかしいんだよ!」

そう言いながらフロアを見渡した充希はある場所を指差して「ほら!」と言った。

その方向を見ると、関原は帰ったのではなく、離れたテーブルで、別の女性と向かい合わせに座って、何やら熱心に話し込んでいる。

よく見ると、その女性はテレビ六本木の、三崎由貴乃記者のようだ。ファイルの写真の通り、清楚でしとやかで優等生の、マジメなクラス委員タイプ……。

その三崎記者に、関原氏は身を乗り出して、今にも手を取らんばかりの様子で話しかけている。女性記者の方は逆に当惑した表情で、俯《うつむ》いたり、周囲を気にして落ち着きがない。

ここでおれが接近すると怪しまれるかもしれないので遠目から見ているだけだけ

ど……関原が彼女の手を握ったぞ。「言葉遊び」ではなく、実際に「肉体の接触」をしたぞ！

固唾《かたず》を飲んで見ていると、関原は彼女の腕を摑んで、まるで連行するように席を立った。

これは、追跡せねば。乗客の安全を守るのも我々スタッフの仕事だ、と自分に言い訳しながら、おれは二人を尾行した。

二人がエレベーターに乗り込んで、メイン・ダイニングから上に向かったので、おれも階段で、ひとつ上の6デッキにあがった。

6デッキにはピアノバーがある。中を覗《のぞ》くと、二人がいた。

おれは業務連絡があるかのように装ってバーのカウンターに近づき、二人の様子を横目でチラ見した。関原の背中越しに三崎記者が見えた。

バーテンダーが「ナニか？」という顔をしておれを見るので、ハードボイルドな探偵を気取ってニヤリと笑い、唇に指を立てたが、何を勘違いしたのか「ここにはアイスキャンデーはないですよ」と言い出したので焦った。

「そうじゃなくて。あそこの客がワケありなんだ。トラブルを回避しないと」

言った途端に、バーテンダーが興味津々な様子でガン見しようとするのをおれは止めた。

だが、そこで二人が揉め始めた。

「やめてください！」

「いいじゃないか、このくらい」

ほとんど揉み合いにまでなっている。

おれはすっ飛んでいって間に入った。

「お客様。ここで狼籍《ろうぜき》は困ります」

「ナニを言うか！　私はただこのコを口説いていただけだ」

「しかしこちらは嫌がってらっしゃいますよ」

三崎記者は涙目だ。

「いやよいやよも好きのうちって言葉を知らんのかね、きみは？」

「知りませんよ。とにかく無理矢理ここに連れ込んで手を握ったりするのは公序良俗に反」

そこまで言いかけた時、おれの目の前に火花が飛んだ。

関原の拳がおれの顎に命中して、一瞬、気が遠くなったのだ。

「私は最上級ロイヤルスイートの客だぞ！　その私に向かって狼籍とはなんたる物

言い」

関原はなおも拳を繰り出し、今度はそれがおれの鼻に命中した。鼻血が噴き出す。

「このうつけ者めが！　世が世なら斬り捨ててやるところだ」

異常に興奮した関原は、なおもおれの顔を殴り、腹にもパンチを入れてきた。

相手が客なのでおれは応戦できない。いや、そういう制約がなくても、おれはまだヒトを殴ったことがない。たぶん、記憶の限りでは。

鼻血を噴き出しつつ、おれは昏倒《こんとう》した。これ以上やられるのはイヤなので、死んだフリをすると、関原は急に心配そうな顔になっておれの頬をぺちぺちと叩いた。

「おい、死ぬなよ。お前が死んだら私はますます窮地に追い込まれるじゃないか！」

いいことを聞いた。

おれは死んだふりを続けたが、敵もさるもの。脈をとって呼吸も見た。

「なんだ。生きてるじゃないか。おいバーテン。こいつに冷水でもぶっ掛けてやれ」

関原はそう言い残すと、憤然とピアノバーを出て行ってしまった。

おれが自分で起き上がるのと、バーテンが炭酸水をおれの顔に噴射するのが同時だった。

三崎記者はおろおろしている。

「ごめんなさい……私のために、こんな」

「あ、いえ、これはただの鼻血ですので」

おれはニッコリ笑って起き上がった。

「お客様こそ、大丈夫ですか？」

おれは、バーテンダーが差し出したナプキンで鼻血を拭いながら彼女に席を勧めた。

三崎記者はさめざめと泣きながら、問わず語りにいきさつを話し始めた。

「以前から、関原次官に取材するたび、いろいろセクハラされてたんです……あの人は囲み取材しても全然喋ってくれないけど、個別に会うと、おれの名前を出すなという条件で結構話してくれるんですが……その代わり、セクハラが酷《ひど》くて。言葉だけなら我慢しようと思うんですけど、さっきみたいに手も出してくるので、身の危険を感じてしまって」

上司に相談したけど「頑張れ」と言われるだけだった、と三崎記者は泣いた。

「我慢してネタを取ってこないと記者として評価されないし、女を武器にするのは女にしか出来ないと言われたり、自分でもそうかなと思ったりもして……男性記者はお酒を飲んで一緒にエッチなお店に行って、エッチなことをしながら談話を取るらしいんですけど」

「関原サンには、別の記者さんも取材に来てるみたいですね。派手な感じの……」

おれがそういうと、彼女は「ああ」と、瞬時に軽蔑の表情になった。

「あのヒトね、お台場テレビの……。記者はネタを取ってナンボと普段から言ってる人で、ネタのためなら人殺しもやりかねない思想の持ち主なんですよ。もちろん人殺しはしませんけど、あのヒトほら、あの……セックスが……セックスが好きそうでしょう？　学生時代には千人と寝たという噂が……ウラは取ってませんけど」

「あの……記者さんて、ヒトの悪口にもウラを取るんですか？」

「ウラを取って真実だと判ったら、悪口じゃなくて真実を言ってるってことになりますよね」

「真実でも誰かを貶《けな》す目的で言えば、それは悪口になるのでは？」

おれがそういうと、三崎記者は小首を傾げて「さあ？」と華麗にスルーした。

「とにかく、ウチの局は、リベラルな社風のくせに取材手法は旧態依然なんです。エライ人の顔色ばかりうかがって、記者の安全や人権はそっちのけで……」

それからしばらくの間、三崎記者は自分の局の悪口を言い続けた。

「……以上これは私の経験したことですから、ウラは全部取れてます」

探偵社も大変だけど記者さんも大変なんだなあと、おれは素直に同情した。

「私たちの世界は抜くか抜かれるかの世界なので……局が私をこの船に送り込んだ以上、その期待に応えなければ。あの大串サンにだけは、絶対に負けたくないですし」

三崎記者はライバル意識を鮮明にした。

「頑張ってください。おれ、応援してます！」

「有り難うございます」

彼女はペコリと頭を下げた。本当に真面目で、か弱そうで、しかも健気《けなげ》で愛らしい。

おれは彼女が好きになってしまったけれど……きっとあの関原も同じ理由で彼女のことが好きなのだろう。男って馬鹿だから、嫌がる相手をなんとかしてしまいたい。それはガキの頃からの習性だ。支配欲とか征服欲と言われるモノとはちょっと違う、「すぐ泣く子をいじめたくなる」気持ち。それって、嗜虐心《しぎゃくしん》ってやつか。それともちょっと違うと思うんだけど。

「しっかし……ああいうエロオヤジが政府の高官だというのは腹が立ちますね！」

「本当にそうですよね！」

おれたちは意気投合した。

「どうでしょう、ランチでもご一緒……」

と言いかけた時、一つ下のデッキから喚《わめ》き声が響いてきた。

「ちょっとこれはどういうことなのよっ！」

金切り声が聞こえてきたのと同時に、おれの、船内限定スタッフ専用のスマホが鳴った。

「こら飯倉。客が騒いどる。お前何処《どこ》におるんや！　とっとと来んかい！」

黒田から大至急対処せよとの指令を受けたおれは、三崎記者にまた改めて、と言い残して5デッキに駆け下りた。

エントランス・ロビーでは、ジェネラル・マネージャーの黒田とその助手のじゅん子さんが、大勢の乗客に詰め寄られていた。

「おかしいと思ったんだよ。それでこのツアーの説明書きの、小さな字でコマゴマと書いてある約款とか言うやつを読んでみたら」

「アタシはネットで調べてみたら判ったんだけど……」

老若男女が集まって口々に言い募っている。

「この船って、何をするにも実は有料で、別料金だって言うじゃないのさ！」

「そうだってな！　メシ食うのも風呂に入るのもショーを見るのも無料だとばかり思っていたら、全部オプションの別料金なんだってな！　無料なのはトイレだけだ！」

「しかも、部屋代まで取るんでしょ？　一泊幾らって！」

「朝昼晩のメシ食って、三時のおやつにドーナツ食べてコーヒー飲んで、ショーを見てから夜食のラーメン食べて風呂に入ったら……これ、全部計算してみたら、朝が千五百円、昼が二千円、夜が三千円、おやつが千円、夜食のラーメンが千五百円、ショーが五千円！　風呂が二千円だってよ！　たった一日で、一万六千円もかかるんだぞ！」

「暴利だ！　ボッタクリだ！」

「その上、部屋代がプラスだぞ！」

「まあまあまあ」

黒田は汗をかきかき、怒り狂った乗客たちを必死に宥《なだ》めている。

「まあ皆さん考えてみてくださいな。こんな豪華客船に乗って一週間の旅でっせ。それが飲み食いしてショーにお風呂でたった二万円やなんて、常識で考えて有り得まっか？　有り得へんと考えるのんが普通とちゃいまっか？」

「そんなの知らないわよ！　安いからこのツァーにしたんでしょ！」

「そうだ！　安いと思ったから晩飯も朝飯も昼飯もマズいのを我慢してるんじゃないか！」

「バイキングもすぐ売り切れになるのを我慢したし」

「ショーがツマらんのも我慢したし」

「風呂だって垢《あか》が浮いてるのも我慢したし」

「部屋代が、一番安くて狭い部屋でも一泊、一万五千円だってよ！」

「値段についてはですな、普通のホテルの代金を参考にしてしてますんや。今日びのホテルで、朝飯食べて千五百円は安いもんでっせ」

「でもホテルの朝食に品切れはないわよっ！　今朝だって和食のおかずは一瞬でなくなったし、洋食も、ハムとベーコンはちょっと目を離したスキに終了の札が出たし！」

「ヒルメシもひどかった。カレーとスパゲティとコロッケだけとはどういうことだ？　子供騙《だま》しかよ！」

「まあまあみなさん。みなさんは船旅を楽しみに来たんとちゃいまっか？　メシだけが船旅と違いますやろ？」

「あら。アタクシはこの船の、アコギなカラクリを知っておりましたわよ」

自分はあなた方とは違う、と言わんばかりの上品なご婦人が口を開いた。

「事前に知っていたので、食事について言えば、私は日数分のお弁当を持ち込みましたわ」

そこまで冷静だった婦人は、そこで突然、怒りを爆発させた。

「だけど船室には冷蔵庫がないから、まだ食べていないお弁当が全部、腐ってしまったのよ！　これ、どうしてくれるんザマスか！」

それを見た、こちらは至って庶民的なオバサンが勝ち誇ったように言った。

「ウチなんか缶詰を持ち込んでるし、初日のバイキングで保存容器に取り込んだものを食べてるけど……」

だが言っているウチに表情が落ち込んだ。

「……だけどこれ、お金が尽きた貧困家庭みたいでミジメじゃないのさ！　せっかく豪華客船に乗り込んだのに毎日サバ缶に、腐りかけの出汁《だし》巻き玉子をぼそぼそ食べてるのよ！」

汗だくの黒田の横には有能極まりないじゅん子さんがいるのだが、ひと言も発しないどころか、きっと唇を結んだままだ。

「とにかく、何をするのにもお金がかかるんだから、私たちは今後一切、何も利用しませんからね！」

「それは結構。せやけど、お腹空《す》くし寝るとこも必要なんと違いますか？」

「通路に毛布を敷いて寝ます。お水はトイレの水を飲みます。横浜に戻るまで一切、何も食べません！」

「毛布代は頂戴しまっせ。一日五百円」

黒田がそう言い、乗客たちはお話にならないという表情で憤然として引き上げていった。

「社長、今の話、本当なんですか？」

思わずおれが訊いたが、黒田は否定せず、じゅん子さんも詰め寄った。

「私も知りませんでした。社長、これ、どういうことなんですか？」

「いや……これはやな、ワシがほとんど冗談で、『基本運賃を激安にして、他を全部有料にしたらアホな客が騙されて乗ってきまっせ』ちゅうたら、ナレンシフの社長がノッて来てやな……瓢簞《ひょうたん》から駒になってしもた訳や」

「ひどい！　無茶苦茶です。そんな計画、社長が知った段階でなぜ止めなかったんです？」

じゅん子さんは完全に怒っている。

「いやあ、ワシが最終的なことを知ったんは、全部出来上がってしもてからや。ひっくり返す訳にはもう、行かんようになっとってな」

この船旅の業務を請けることに反対されるのを恐れた黒田が、契約書のヤバい部分を削除したバージョンしか、じゅん子さんに見せていなかった事が判明した。

「一体何を考えているんですか！　この航海がどうなっても私、知りませんからね！」

「せやから、お前がそう言うのが怖かったから言い出せんかったんやないか……」

黒田は泣き落としにかかろうとしたが、じゅん子さんは怒ったまま行ってしまった。

「こら飯倉。それもこれも肝心な時にお前がおらんかったからや！　なんとかせい！」

そう言われても、何をどうすればいいのか。

呆然《ぼうぜん》としているうちにも乗客たちは自分の部屋を引き払い、公共スペースのロビーや通路に毛布を敷き、或《ある》いはソファに陣取って寝始めた。寝れば空腹も紛れるということか。

「あの、お客様……申し訳ありませんが、他のお客様の通行の邪魔になりますので……」

「ああ？　おれたちを邪魔者扱いするのか！　客だぞ！」

豪華客船だけあって、ラウンジは複数あるし、長椅子やソファもたくさんある。しかし騒ぎを聞きつけて真実を知った、他の乗客までが部屋を出て野宿をし始めた。吹きっ晒《さら》しの、甲板に寝る一家までいる。

「こらひどいなあ……まるで難民船やデ」

黒田は責任を感じている様子もない。

一方、甲板にあるプールでは、超ミニとビキニのブラを身につけたあや子さんが「楽しい温水プール」を宣伝して客引きしている。

「ねえねえ飯倉くん。どうして急にプールの周りに荷物を並べて寝る人が増えてきたの？」

おれはあや子さんにも事情を説明した。

「それならみなさん、映画館がいいですよ。一回入ったら入れ替え無しだから、そのまま居座ればいいし。甲板だと夜、寒いですよ！」

あれほど活況を呈していたメイン・ダイニングだが、ランチの時間になっても閑散として閑古鳥が鳴いている。

「これじゃせっかくの料理がもったいないなあ。全部残飯か？」

シェフが困っているので、おれは、弁当を作ることを提案した。それなら甲板でも、ロビーの長椅子ででも食べられる。

「しかし弁当の箱なんか用意してないよ」

「じゃあ大きな器で丼にしたらどうですか？　カレーだったら一つ三百円くらいで……。今どき、安くしないと誰も買わないですよ」

「世の中、やっぱりデフレなのかなあ」

シェフが首を傾げながら作ったカレー丼をおれはメイン・ダイニングの前で売り始めたのだが、それは瞬くうちに完売した。

「今、追加で作ってますので、ちょっとお待ちくださいね！」

黒田とナレンシフの、アコギ過ぎる商売に荷担してきたおれは、内心忸怩《じくじ》たる思いに駆られていた。安いカレー丼を売るのは、せめてもの罪滅ぼしだ。

## 暴走！　エロ次官

　ドンブリ弁当大作戦を展開したおれがなんとかお昼どきを乗り切って、13デッキのラウンジに空席を見つけ、休憩を取っていると……例の「エロ高官」が懲りもせずに三崎記者を追い回しているのが目に入った。

「だからさあ、ちょっと付き合ってくれたらネタを提供するよ。例の総理案件、きみ、知りたくない？　『総理の指示があった』って、もしおれが断言したら、きみ、どうする？」

　追い回すと言っても鬼ごっこをしている訳ではない。関原が三崎記者を口説きに口説いているのだ。魔手を伸ばしてお触りしかけると彼女は怯《おび》えて席を立ち、逃れようとする。エロ高官はその後を追い、「ネタを教えよう」と撒《ま》き餌をしては、また手を伸ばす……というその繰り返しだ。

　今回も見かねたおれは、「ちょっとそれは」と、ついつい割って入ってしまった。

「なんだ。ピアノバーの鼻血ブーの兄ちゃんか。お前、このコのなんなの？」

「いや、おれは……こういうのを見ると黙ってられないタチなんで」

関原はおれを興味深そうに眺めた。

「兄ちゃん、お前、童貞か？　こういうのは男と女の言葉遊びって言うか、せいぜいそんな程度の事だろ？　本気でイヤなら私には近づかなければいいだけの話だ」

「けど三崎さんは記者さんでしょ？　取材するのが仕事でしょ？　仕事ならイヤなことも我慢するしかないっすよね？」

「だから仕事なら我慢すればいいじゃないか！　この女は中途半端なんだよ！」

関原が「面倒だ」とおれを押しのけて三崎記者に迫ろうとしたので、仕方なくおれも一歩前に出て、彼女を守ろうとした。

「今度おれを殴ったら船長に言いますよ。船では船長に警察権がありますからね！」

以前読んだ、豪華客船で事件が起きる小説を思い出して、おれはハッタリをかました。船内連絡用の携帯を取り出して通報するフリをして見せると、関原の顔が蒼《そう》白《はく》になった。

「きっきみっ！　私を脅かすつもりかっ」

叫ぶなり脱兎《だっと》のごとく逃げだしてしまった。

実は小心者だったのか。後に残った三崎記者は涙目でおれをじっと見つめると、いきなり抱きついてきた。

「有り難うございます！　また助けて戴《いただ》いて。今度お礼しますね」

「いえ、お礼なんか……」

と言いつつ、おれは物凄く期待をしてしまった。が、彼女はカラダを離すと「お部屋で仕事をしてきますので」と言って、去って行った。

彼女の、甘い香りだけが残った。

「あーヤダヤダ。あの女もいい加減にすればイイのに」

いつの間にかおれの後ろにいた肉食系の女性記者・大串充希が不機嫌そうな声を出した。

「あれ、どう見ても、ブリッコの三崎ちゃんが焦《じ》らしに焦らして、エロオヤジを玩《もてあそ》んでるよね？　そうとしか見えないけど」

「そうすか？　おれには三崎さんが心底イヤがってるようにしか見えないんスけど」

大串記者は「あんたも見る目がないわねえ」と呆《あき》れたようにおれを見た。

「合コンなんかでよくいるじゃん。遊んでるくせにブリッコして自分を高く売りつけようとするクソ女。本気で嫌ならあのエロオヤジなんか取材しなきゃいいし、担当を外して貰えるのに。まあ、あの局は無理かもね。ウチはチャラチャラしたステーション・イメージがあるけど実はキッチリしてるのよ、そのへんは」

「ああ、だから男の記者とペアなんですね」

そうなんだけど、と大串記者は意味深な笑みを浮かべた。

「ぶっちゃけ単独行動しづらいから邪魔なのよね、アイツ。いちいちコンプライアンスを守ってたら取材なんか出来ないわよ。女の武器を使うのも、記者のど根性ってモンでしょ」

「はあ……そういうモンっすか」

大串記者はおれを黙って見つめると、いきなりぐいと引き寄せてブチューッとキスをした。しかもいきなり舌を絡めてきたではないか！

「ね？　しない？　私のキャビンで」

断る理由はない。いや、あるんだろうけど、断りたくはない。いや、たぶん船のスタッフとしては絶対、断るべきなんだろうけど……。


その数分後、おれは大串記者の部屋にいて、彼女はするするとすべてを脱いでしまった。

信じられない、とおれは絶句した。

「……理想のボディっすね。しかも記者にしておくのはもったいないほどの美形だし……」

「今の発言、セクハラに該当するかもよ」

しかし今、おれの目の前にいるのは、その裸身を鑑賞するだけでもため息が出るような、巨乳フェチ垂涎《すいぜん》の的と言ってもいい、超理想的なカラダの持ち主なのだ。

「私、なかなかのものでしょ？　さ、やりましょ！」

彼女はおれをベッドに押し倒すと、おれの股間に巨乳を押しつけてきた。

必殺パイズリ攻撃だ。

おれのペニスが豊かなバストの谷間に挟まれて、ぐいぐいしごき上げられていくと……。

おれの理性は砕け散った。

ガバッと身を起こして彼女をベッドに組み伏すと、その秘部に指を這《は》わせた。

大串記者、いや充希の秘部は、早くも欲情して、ねっとりと濡《ぬ》れていた。

「ほら……だから早くしようって……」

おれは無視して充希の巨乳に吸いつき、キスの雨を降らせ、舐《な》めまくった。

「あん……ああ、わ、私……もっと、もっと舐めて……」

おれに巨乳をぺろぺろちゅうちゅうされているうちに、彼女からも完全に理性が消えた。

彼女の秘部がかっと熱くなり、躰の芯から燃え広がるのが判った。

「充希さん……こんなに濡れちゃって……あなたのここはぐちゅぐちゅですよ……」

おれは両手で乳房を揉みしだきながら、顔を下腹部にずり下ろし、敏感な秘部に愛撫《あいぶ》を加えた。

「う、ううン……ああ、堪《たま》らない……」

彼女のクリットは、おれのひと舐めごとに膨らみ、硬くなってぷっくりと屹立《きつりつ》した。おれももう辛抱たまらなくなって、完全に勃起した怒張を秘腔《ひこう》にあてがおうとした。

が。

そこでレスリングのような争いが起こった。どっちが相手を組み伏せるかという争いだ。

「私は、騎乗位が好きなの！」

おれだって正常位が好きだ。いや、騎乗位も好きだけど、ここはなんだか支配欲が刺激されて、なんとかして彼女を上からグイグイと……いや、今はこの巨乳にぺニスを挟んでパイズリしてイキたい。あれこれヤルのはそのあとだ……。

おれは、柔道の袈裟固《けさがた》めのような体勢から、肉棒の先端を巨乳の谷間にずぶりと差し入れて、腰を動かした。

「ちょっと！　そんなの前戯でもう終わったでしょう！」

彼女は激怒した。どうやら自分の思うようにならないと怒りのスイッチが入る性分らしい。

充希は、のしかかっているおれを思いきり突き飛ばした。

虚を突かれて、おれはペニスがすっぽ抜けて床にふっ飛んだ。

「私とヤリたいなら、言うとおりになりなさいっ！　あんたの希望も叶《かな》えてあげるから！」

彼女はおれの上に跨《また》がると……上半身を倒して、巨乳でおれのペニスを挟み込んだ。

騎乗位でパイズリをしてくれるのだ。

充希の柔らかな乳房が、あらためておれのペニスを包みこみ、しごきあげる。

おれは手を伸ばして、彼女の背中やお尻を撫《な》でた。その量感は圧倒的で、手の中でぐにゅりと形を変えつつ、むっちりと指を押し返して来る。

しかし……このままだと間もなく果ててしまう。さっきはまずパイズリで一発抜いてから、と思ったけど、急に彼女の中で終わりたくなってしまった。そういうおれの気持ちを察したのか、彼女は、「入れたい？」と聞いてきた。その表情は意外にも少女のようにはにかんでいる。

騎乗位のまま、充希は躰をずらせて、おれのペニスを自分の中に誘いこんだ。彼女が腰を沈めていくと、おれのモノが、彼女の中にどんどん入っていく。かっとするほど熱く濡れたその場所は、柔襞《やわひだ》が四方からペニスを包みこんで締めてくる。

彼女は腰を使い始めた。巨大な乳房がぶるんぶるんと、左右に揺れる眺めを下から見上げるのも、騎乗位ならでは。なんという眼福。自分の巨乳ぶりを見せつけたいから、彼女は騎乗位を好むのだろうか？

充希はピストンにグラインドを織り交ぜて腰を使い、甘い声を洩《も》らした。

「ああン……いい。いいわ。……あんたみたいなイキのいい若いヒトとするの、久しぶりなのよ。ああ、か、感じる……」

「いつもはエロオヤジが相手とか？」

「まあね、取材相手だけじゃないわよ。局の上にだって曲者《くせもの》がいるからね」

充希はクリトリスが感じるらしく、しきりに下腹部を擦りつけてきて、ピストンよりもグラインドをしてきた。

おれも、屹立したモノがぐいぐい揺さぶられる、めくるめく感覚に酔い痴《し》れた。彼女の全身が動くたびに、豊かな双丘が、おれの上でぷるぷると揺れる。

下から思い切り突き上げると、その攻撃に充希も、全身をがくがくさせて感じている。

腰を使いながら、乳房を掴みあげた。両の乳房を掴み潰して、充希のカチカチに尖《とが》った乳首に、歯を立ててみた。

「ひあああ！　あはあ！　ああ、感じる……感じすぎる！　凄い。あなた、凄いわ！」

片方の乳首をかちかちと軽く噛《か》みながら、もう一方の乳首を指先でくじりあげた。それだけで彼女は息も絶え絶えになった。

感じるたびに、柔襞がぐいんと締まる。思いきり突き上げると、充希は悲鳴のような、しかし甘くて切ない声をあげる。

やがて……おれの躰の芯から猛烈な力で、熱いものが込み上げて来るのを感じた。

「あ！　ダ、ダメだ！　い、イッてしまう！」

おれは本能の赴くままに、思いきりぶちまけてしまった。

「ごめん……先にイッちゃった……」

しかしまだペニスは硬いし、充希は腰を動かしている。

「まだまだ！」

相撲《すもう》の可愛《かわい》がりじゃあるまいし、と思いつつ、おれは果てたのにそのまま二回戦に雪崩《なだ》れ込み、再び射精に至った時、彼女も弓なりに激しく躰をそらせ、仰《の》けぞって、果てた。

「三崎ちゃん、あんたのこと好きでしょ？」

終わってから、充希はおれのペニスを弄《いじ》りつつ、ライバル局の女性記者の名前を出した。

「さあ？　それはなんとも」

「バカね。好きに決まってるじゃない。エロオヤジの攻撃から守ってあげたんだから絶対好意は持ってる。だから私はあんたと寝たの」

「は？」

おれにはその言葉の意味が判らなかった。

「だから。私はあの女が大嫌いなの。あの女のモノは全部奪いたいのよ。特ダネも何もかも」

「けど、おれは彼女の所有物じゃないスけど」

「そんなようなもんでしょ？　男ってダメよねえ。ああいうミエミエのブリッコにころっと騙されちゃうんだから。あの子、マジメそうに見えるけど、見えるだけだからね。ハッキリ言って私の方がイイ大学出てるし勉強もしてるから。あの女、憲法改正の問題点も全然把握してないし、主要な法律の要点も頭に入ってないんだよ？　そんなんでぶら下がりで質問なんか出来ないでしょ？　だからアイツ、他の記者が質問したことをメモするだけでそれで放送原稿をまとめてるの。他人のふんどしで相撲をとるってあの女のことだよ！」

充希に絞り取られてカラカラになっている時に、こんな猛毒発言を聞くのはツラい。

とにかく、女は、怖い。

ドン引きしているおれに、充希はキスした。

「もう一発、やる？」

## 乗客の蜂起と黒田の改心

翌朝。

ボッタクリ豪華客船「パシフィック・プリンセス」は、ついに目的地の南大東島に到着した。

「皆様ご存じのように……え？　知らん？　乗船前にお渡しした旅行のしおりに書いてまんのやけど、南大東島はサンゴ礁が隆起して出来た隆起環礁の島でありまして、周囲は断崖絶壁で、本船のような巨大な船は接岸できません。なので島への上陸はできません。連絡船で行けるやないかいとおっしゃるお客も居ると思いまっけど、今日の海はけっこう荒れておりまして、連絡船は出せません」

妙に誇らしげな黒田の船内アナウンスが流れた。

「ちゅーことで、南大東島は、この船から眺めるだけちゅうことでご勘弁して頂戴。見てるだけやと退屈するんで、数時間後には横浜に戻りまっさかいに、そこんとこ、宜しゅうお願い申し上げまっさ」

そのアナウンスを聞いた乗客は、おいおいどういうことだ、と騒ぎ始めた。この船では安い弁当しか食べられないが、島に上陸したら、その時こそは美味《おい》しいモノをたらふく食べようと、全員それだけを楽しみに耐え忍んできたのだ。

一方おれたちはメイン・ダイニングの前で今朝も弁当を売っていた。

今やお金を払って食事を摂《と》るお客はごく僅かだ。仕方がないのでおにぎりやサンドウィッチを作って手売りしている。おれもじゅん子さんも、そしてあや子さんも不平を胸に抱きつつ仕事をしている。

今まで何が起こってもブラックフィールド探偵社の団結は強固だったのに、今回はバラバラだ。事実上、おれたち三人は黒田に反旗を翻している。

「今度という今度は、心が折れました。社長を庇《かば》わなくては、とは1ミリも思えません」

有能なじゅん子さんの助力がないと、黒田社長は何も出来ない。もちろん、あや子さんの能力も侮れないのだが。

と……船内のあちこちに設置されている液晶モニターに突然、妙な映像が映し出された。

『オプション料金？　じゃんじゃん取りましょう！　できれば船内で吸う空気にまで課金したいくらいだし、トイレだって有料にしたいんだが……ケチって甲板に粗相されても困る』

そう言ってゲヒヒヒと笑うスーツ姿の男が映し出された。その相手になっているのはジェネラル・マネージャーの黒田だ。

『けど、あんまりアコギな真似しやはると、エライことになりまっせ。船で反乱が起こったら処置無しや』

鎮圧するのンはわしらの仕事になりまっさかいな、と画面の中の黒田は渋い顔だ。

『ま、接して漏らさずと言うことで』

『それを言うなら、「胡麻《ごま》の油と百姓は絞れば絞るほど出る」、もしくは「生かさぬように殺さぬように」ですなあ』

スーツの男はそう言って、またもガハハハと下品に笑った。

が、その映像は、いきなりプツンと切れた。

「え〜只今《ただいま》流れた映像は、ドラマの一部でおます。間違えて船内に流してしもうたことをお詫《わ》び致しまっさ」

慌てた声の黒田のアナウンスが流れたが、もう遅い。

「今映ったのは、このアコギなツァー会社の元締めじゃないか。あれがヤツの本音だろ！」

「極悪非道にも程がある！　南大東島に上陸させろ！　そこから自力で帰る！」

「いやいや、それをやると会社の思惑に乗ってしまうぞ！　反乱を起こせ！」

「そうだ反乱だ！　メシ代も風呂代もショーの見物代も、プールの料金もなにもかも、全部、踏み倒せばいいんだ！」

「リストバンドを使わなければ課金されないぞ」

「あ。なるほど！」

「やっちまえ！」

ロビーやラウンジに集まった乗客たちは衆議一決。リーダーもいないのに、アッという間に同じ結論に達してしまった。

「今からは全部、あらゆる料金を踏み倒すぞ！」

乗客たちはそう叫びつつ次々にリストバンドを引きちぎり、或いは投げ捨て、メイン・ダイニングや風呂、プールやシアターに押し寄せた。

多勢に無勢。腕のリストバンドのナンバーを見せようともしない客にスタッフも為《な》す術《すべ》はなく、さながらベルリンの壁が崩壊した時のように、なし崩し的に船内の「サービス完全無料化」が実現してしまった。

「こりゃ処置無しやな……」

黒田も困惑しきった表情でこの状況を眺めるしかなかった。今、下手《へた》に止めようとすれば、如何《いか》に屈強な黒田と言えども勢いに乗った乗客たちにボコボコにされてしまうだろう。

そんな黒田の横には、じゅん子さんとあや子さんがいた。二人の黒田を見る視線が冷たい。

「なあじゅん子にあや子……お前ら、ワシに怒っとるんやろうが……すべては冗談から始まったことなんや……ホンマやで。ワシはなんも知らんかったんや……」

黒田は二人に土下座せんばかりに謝ったが、じゅん子さんの口調は依然として冷ややかだ。

「今回は、さすがに社長も本気で反省なさったようなので言いますけど」

じゅん子さんは、手に持った書類ホルダーから、一枚のプリントアウトを取りだした。

「これは社長と先方のナレンシフ社が交わした契約書ですが……じっくり読んでみると、驚くべき事実が判ったんです。ほら、ここ！」

じゅん子さんは契約書の中の、とりわけ小さな字で書かれている一項目を指差した。

「見てください。虫眼鏡《むしめがね》を使わないと読めないような字で、こう書いてあります。『なお何らかの事情で乗客から徴収できなかったオプショナル料金については、全額、ブラックフィールド探偵社の負担とする』。この意味、判りますか?」

「……判る。判らいでか！　ワシがどないにアホでもこれは判るで。ワシはナレンシフにコケにされたんや！　連中は、どう転んでも損をせんようになっとるんや！」

なんじゃこんなもん！　と、黒田は契約書をビリビリに引き裂いた。

「まだありますよ社長」

じゅん子さんは別の書類を取りだした。

「このツァー、お客さんの財産情報を異常なまでに提出させましたよね。それには大きなウラがあったんです。社長からも取りはぐれた場合、客の銀行口座やクレジットカードから強制的に引き落とすことになってるんです。しかも、残高が足りなかったり限度額を超えている客には自動的に高金利のローンを組ませて支払わせるという、時代劇の越後屋《えちごや》もビックリの恐るべき仕組みまであるんです！」

「せやけど……」

黒田は力なく言った。

「貯金もないしカードも限度額いっぱい使うとる貧乏な客が、ローンなんか組めんやろ？」

「そこがナレンシフの悪辣なところなんです！」

じゅん子さんは叫んだ。

「これ見てください。お客さんの資産に関するファイルが改竄《かいざん》されてます。残高の桁数が二つも増えてます。十万しか預金がない客でも一千万、一千万ある客には十億の資産があることになってるんですよ！　このローンを組んだ銀行は、客を徹底的に追い込むことで有名な、お茶のでがらしも絞り取る、通称『駿河国《するがのくに》お茶のでがらし銀行』なんです！　当然、原本は確認していない……というより、最初から確認する気もないわけで」

みるみるウチに黒田の顔が真っ赤になった。

「判った！　判ったデ！　ワシが完全に間違《まちご》うとった！　今からワシは、客の味方や！　客と一緒に、あのクソどもと戦うデ！」

言いきった黒田の姿に、「戦艦ポチョムキン」の、乳母車が階段を滑り落ちていくカットが重なった。続いて、痩《や》せて貧しそうな女の人が、工場の中で「UNION」と書かれた紙を掲げる光景も思い浮かんだ。いや、どうしてそんなものが思い浮かんだのか、おれにもよく判らないのだが。

船内の革命はこうして始まった。

## エロ高官地獄責め

船内は、黒田の乗客側に寝返った采配で、完全に平和を取り戻した。

みんな自分の船室に戻ってベッドで眠り、風呂にも入り、食事も三食きちんと摂り、ラウンジでお茶を飲み、海風を楽しみながら甲板を散歩し、夜はショーを楽しむ。これぞ豪華客船の旅、と言えるものを、心ゆくまで味わうことが出来るようになった。しかも、たった二万円で。

ナレンシフとの契約の件は「私がなんとかします」とじゅん子さんが言い切った。

だがまだ気になることがある。

エロ高官・関原のセクハラ問題だ。

元の団結を取り戻したブラックフィールド探偵社の面々に、おれはこの件を相談した。

「そら難儀やなあ。難儀やけど、セクハラに遭《お》うてる女記者も仕事で来てるんやろ？　ある程度は我慢せんとアカンのと……」

言いかけた黒田にじゅん子さんが反撃した。

「社長、何を言うんですか！　時代錯誤です。多少の我慢が必要だとしても、現状はその限度を超えてるんじゃないですか？」

「そうだよねえ。とんでもないエロオヤジだけど、あたしなら、もっとボッタクリの線でエロオヤジを転がして、聞き出すだけ聞き出して、そのあとにお仕置きするけど」

あや子さんもそう言って大きく頷いた。

「そうです。それが一番効きますよね！」

いつの間にか肉食系の女記者・大串充希が、ピアノバーの片隅で密談しているおれたちに混じっていて力強く賛同した。

「あんた、何時《いっ》からここに？」

「さっきから」

大串記者は平然と言った。

「私もこの件に参加するわ。だいたいあのエロオヤジ、ヒイキが酷すぎるのよ！」

要はこの大串記者が色仕掛けで迫っているのに関原が全然相手にしないので、記者として女として、いたくプライドが傷つけられたのだろう。

「けど……オタクの局はコンプライアンスが厳しいんじゃないっすか？」

「いいの。あいつは自分の部屋で寝てるから」

あいつとは、一緒に乗船した男性記者のことだろう。睡眠薬でも盛ったのだろうか？

大串は、名付けて「フィガロの結婚入れ替わり作戦」を提案した。

「ウチの局が呼んだ海外オペラにそういうのがあったの。旦那が口説いている若い女に、奥さんが暗闇でなりすまして旦那をとっちめるってやつ。テレ六の三崎ちゃんの名前でオッチャンを呼び出して、逢《あ》い引《び》きの場所は、一番上の14デッキ。オッチャンが来たら電気を落として真っ暗にして、その場にいるのは三崎ちゃんじゃなく私って段取りで」

「あんた別嬪さんやのに、ようそんなタチ悪いこと考えつきますなあ。よろしおま。深夜やったら、他のお客の迷惑にもならんやろ」

だいたいワシは、あのエロ高官が好かんねん、と黒田はワクワクしている。

「三崎さんの名前でと言いますが、関原がそう易々《やすやす》と騙されておびき出されるでしょうか」

じゅん子さんが作戦の問題点を指摘する。

「私ね、あのブリッコ女の声色、巧いの」

大串記者は三崎由貴乃の物真似をした。

「ねえン関原サン。あの件を教えてくれたら私、なんでもしてあげる……しゃぶるのも、しゃぶられるのも、もっと先のことも……」

派手な顔にグラマラスな大串が三崎そっくりの可愛い声を出したので、黒田は目が点になってその顔に「惚《ほ》れました！」という文字が浮かんだ。

「素晴らしい！　作戦は成功したも同然や！」

だが作戦実行まで、本物の三崎記者が関原に接触する事態も防がなくてはならない。

「ここは、監禁するしかおまへんな」

在室を確認後、オートロックのドアを完全にロックして、内からでも開かないようにしてしまえばいいので、それはラクに出来る。

決行は今夜ということになった。

大串記者による「偽の呼び出し電話」は黒田の部屋からかけることになった。

「あ、関原さんですか？　私です」

大串が出す可愛い声を聞いている黒田は「えらい感じるわ〜」と身悶《みもだ》えしている。

『ええと、三崎くん？』

「ハイ」

関原は勝手に間違えてくれた。

「あの、明日未明午前一時に、14デッキのパドルテニスのコートでお目にかかれません？」

『え？　きみとは午前零時に室内プールで会う約束じゃなかったっけ？』

どうやら三崎記者も先手を打って約束を取り付けてあったらしい。

「いやですわ次官。プールだとひと目があります。でも、午前一時のテニスコートには、誰もいません……」

『その先のことならば、ワタシの部屋はロイヤル・スイートで広いから……』

「お願い。女性はムードを大事にするんです。次官との初めては、まずはデートから」

三崎記者になりすました大串はエロオヤジを手玉にとって、アッサリ約束を取り付けてしまった。

大串が電話を切った直後、黒田は三崎の部屋をロックして船内電話も切断した。

「この海域やと携帯電話は繋《つな》がらん。これで万全や。な、ワシもやる時はやるんやで」

黒田は誇らしげに、じゅん子さんとあや子さんの前で胸を張った。


午前一時。

バーもラウンジも閉店して、船に静寂が訪れた。屋外プールとプロムナードのある13デッキにも、パドルテニスコートのある14デッキにも、人影はない。

密会するには絶好の場所だ。

おれたちはテニスコートの倉庫の陰に隠れて、関原が来るのを待った。

一時を過ぎた。しかし、関原は現れない。

感づかれたか？　それとも三崎が何らかの方法で連絡をしたのか？

おれたちがじりじりしながら待っていると、ようやく下から足音が聞こえてきた。

それはゆっくりとこのデッキに昇ってくる。

関原だ！　おれたちは確信した。

この14デッキからすぐ下に続く鉄階段に、カンカンという足音がして、やがてエロオヤジのニヤけた顔が暗視スコープの中に現れた。

船内用のトランシーバーを使って、黒田がコントロールルームにいるじゅん子さんに連絡する。

「14デッキの照明を落とせ」

突然、辺りが真っ暗になった。下の階から漏れてくる光を防ぐために、13デッキの照明も同時に切ったのだ。

「わ！」

エロ高官が叫んだ。やっぱり小心なのか？

「関原サン……心配しないで」

大串が関原に接近して、可愛い声を出した。

おれと黒田は、暗視スコープを装着しているので、暗闇の様子が見える。

関原が闇の中に立ち、その前に大串もいる。

「ひと目が気になったので……お願いして照明を切ってもらったの」

「恥ずかしがっちゃって。可愛いねえ」

暗闇から聞こえる大串の声色を、関原は完全に三崎だと信じたようだ。

「約束したこと、教えていただけますよね？　その代わり、私も約束のことを……」

「そうかいそうかい。じゃあ……あの件に関してだが、きみが言ったことはまさに正解だ」

　これだけでは、何のことだか判らない。

　大串はなおも訊いた。

「あら？　私って、何を言いましたっけ？」

「ん？　きみは緊張して覚えてなかったのかな？　ほら、私が総理官邸から命じられて国有財産を超格安で払い下げさせ、その証拠の文書も破棄させてしまったのでは……ときみは私に訊いただろう？」

「そんな大事な事、話してしまってもいいの？」

「いいのいいの。文書が破棄されていて裏付けが取れない以上、私が本当の事を言ったかどうかも判らないので、刑事責任も存在しない」

　暗視ゴーグルの中で大串の顔が落胆した。

「じゃあ、これを聞いても意味がないことになりますわ。だったら私の約束も……」

「バカだなきみも。役人がそう簡単に文書を破棄すると思うか？　文書は役人の命だぞ。しかるべき時に必要な文書は出て来るんだ」

関原が動いた。喋ることは喋ったんだから、と大串に近づいて抱こうとしているのだ！

そこでおれは重大な問題に気づいた。

「あの、関原はエロオヤジだから、手を出してきますよね？」

「せやな。大人しく部屋まで我慢はせんやろな」

「だったら……大串さんが替え玉じゃ、バレますよ。なんせカラダが全然違う」

ここでバレたら大変だ。マスコミは取材のためならペテンを使うのか詐欺を働くのか色仕掛けをするのかと関原が騒げば、形勢は完全に逆転する。セクハラの被害者が一転、加害者になってしまうのだ。

おれは、とっさに、あや子さんを前に突き出して、大串記者の腕をこちらに引いた。

三崎記者の替え玉を、グラマラスな大串から、あや子さんにチェンジしたのだ。

あや子さんだって胸はデカくて三崎記者とはタイプは違うけど、大串充希ほど極端ではない。

おれの、咄嗟《とっさ》の判断は正解だった。

関原は、あや子さんを三崎記者と思い込んで、腕を摑んで抱き寄せると、そのままキスをしたのだ。

「きみは着瘦せするのかな？　なんだか胸が大きくなった感じがする」

「それは……興奮してるから」

大串があや子さんの後ろから囁《ささや》いた。まるで映画の吹き替えだ。

それに気をよくした関原は、手を延ばしてあや子さんの胸に触り、揉んだ。

今度は黒田が怒って飛び出しそうになったが、おれが必死で止め、耳元で囁いた。

「我慢してください。あや子さんも任務のために頑張ってるんですから！」

だがそこであや子さんが地声を出した。

「あっ！」

関原が、スカートの裾から手を差し込むという狼籍に出たのだ。

「なにすんのよっ！」

あや子さんが思いっきり関原を突き飛ばしてしまった。

「あーっ！」

悲鳴とともに関原の姿がデッキから消えた。

「たたたたた、助けてくれっ！」

関原の悲鳴が、デッキのすぐ下から聞こえてきた。

「ぶら下がってるんだ！　下は海だよ！」

「クリフハンガーか。じゅん子、電気点《つ》けてんか」

黒田が命じると、デッキに明かりが点いた。

状況が判った途端、おれたちは爆笑した。

関原が、必死の形相でデッキの縁にぶら下がっているのは本当だ。彼の下には水面があり、船の灯《あか》りを映してもいる。だが……。

「助けてくれ！　助けてくれたら、カネをやる！　金ならいくらでも払う。官房機密費からどんどん払う！」

「ついでに疑惑ももっと答えてくれます？」

大串が自分の声で訊いた。

「幾らでも話すが……こういう場合の証言は裁判では証拠に採用されないぞ！」

助かりたい一心の関原は、三崎記者が替え玉だった、という事実にさえ気が回っていない様子だ。

「お気遣いなく。法廷に出すつもりはないですから」

「それはともかく、助けたら金はいくらでも出すって言葉に、二言はないっすね？」

おれが確認すると、関原は喚いた。

「何度も言わせるな！　カネはいくらでも出す！」
おれたちは、関原を引っ張りあげた。

## かくして大団円

関原がぶらさがっていたのは、間違いなく14デッキの縁だったが、その下は海ではなくて、13デッキの屋外プールだった。関原が手を離しても無事にプールに着水するだけだったのだが、パニックになった関原にはそれが判らなかった。しかし、約束は約束だ。おれたちは官房機密費から、かなりの金額をせしめることに成功した。元は税金なのでちょっと気が咎《とが》めたけど。

一方、じゅん子さんは、ナレンシフ社のアコギなやり方に怒り心頭で、船が横浜に戻ったその足で、知り合いの「凄腕ハッカー」に会いに行き、ナレンシフが悪質な手口で儲けたカネを銀行口座からごっそりと抜き取らせた。

そのカネから今回の乗船客に旅費の半額を戻してあげた、とじゅん子さんは言った。

「全額払い戻すのはヘンでしょ？　お客は結局、追加料金は踏み倒したんだし。それに、『ウマイ話にはウラがある』ことを学んだ授業料って意味もあるし。多少痛い目に遭わないと、人間は学ばないものよ」

自信満々にそう言い切るじゅん子さんが、なんだか人間を超越した存在のように思えてきたが、じゅん子さんが儲かった訳ではない。ハッキングして銀行から抜いたカネのほとんどが、「凄腕ハッカー」の懐に入った。要するに、ナレンシフを懲らしめるだけの意味合いだったのだ。

そして……。

お台場テレビの大串充希記者は、国有財産の不法な払い下げに関するスクープをモノにしたのだが……何故《なぜ》かそれはほとんど話題にならなかった。

逆に大ニュースとなったのは、美形記者へのセクハラ事件だった。テレビ六本木の三崎由貴乃が自ら被害に遭った事実を公表した結果、世間が大騒ぎになったのだ。

「こう言うたら、またじゅん子に怒られるかもしらんけど……セクハラより国有財産の問題の方が、事件としては大きいのんと違うんかなあ？」

我がブラックフィールド探偵社の事務所に戻ってテレビを眺めていた黒田が同情した。

「これやったら、あのグラマーな大串ちゃんが可哀想《かわいそう》やで」

それにはじゅん子さんは何も言わなかった。

あや子さんがコメントする。

「だけどさあクロちゃん。セクハラに遭いながらも果敢に取材した三崎ちゃんも偉かったと思うよ。彼女の頑張りがあったから、大串ちゃんもスクープできたようなモノじゃん？」

あや子さんも残念そうに、大きな胸をぷるぷる震わせた。

そういう大きな胸に目が行ってしまうのもセクハラだと言われそうなので、おれは慌てて窓外に目を逸《そ》らしたが、やっぱり黒田に怒られた。

「こら飯倉！　なんやあの汚れたガラスは？　きちんと窓掃除しとかんかい！」

# 第四話　嵐を呼ぶ女性専用車両

その朝、おれは首都圏のとある地下鉄の路線で「女性専用車両」に乗っていた。変態などと言わないでほしい。これは仕事なのだ。時刻は今しも通勤ラッシュの真っ最中で、当然ながらほかの車両は超満員だが、この女性専用車両だけは比較的空《す》いている。おれ以外の乗客はほぼ全員が女性だが、みんな隣の人と接することなく、スペースを空けて立っている。

おれは、飯倉良一《いいくらりょういち》。「ブラックフィールド探偵社」のパシリ要員だ。その名に恥じないブラック企業である勤務先だが、最近は「探偵社」とは名ばかりで、どこも請けないようなハミ出し案件の処理ばかりをやっている。特にこのところは乗り物や旅行関係の業務が多い。民泊を皮切りに豪華列車ツァーに豪華客船の旅などを次々に手がけ、成功させてきた……と言いたいところだが、「成功」と言い切るのには問題があるかもしれない。前回の「豪華客船の旅」ではあまりにも悪辣な旅行会社の手口に、乗船した客がついに洋上で叛乱《はんらん》を起こした。社長の黒田《くろだ》を始め、おれたちが乗客の側に立った結果、客は船旅を楽しめるようになったが、旅行会社は倒産してしまった。

現在おれたちも訴えられる可能性が無いとは言えないが、法律にも明るい我が探偵社のスーパー社員、じゅん子《こ》さんによれば、「裁判になってもたぶん勝てる」とのことだ。おれとしては「たぶん」が引っかかるのだが。

そんな経緯もあって、社長は今回も妙な仕事を取ってきた。

公共交通機関の、「女性専用車両」の警備だ。もちろん現場でカラダを張るのは、このおれだ。

今朝から、おれは地下鉄の制服（厳密に言えば制服によく似た衣裳《いしょう》）を着用して、首都圏の地下鉄に乗り込んでいる。

制服モドキを着ているので、男のおれが女性専用車両に乗っていても不審者には見られない。だが周りに女性だけしかいないので、おれのほうがなんだか落ち着かない。窓には「女性専用車両」と白い字でプリントされたピンクのステッカーが貼ってあるし。

専用車両と言っても女性だけというわけではなく、ギプスをつけ松葉杖《まつばづえ》をついた男性も乗っている。

「『女性専用車両』ってネーミングは、必ずしも正確なものではないの」

おれは、じゅん子さんの言葉を思い出した。

「『女性専用』というよりは『誰でもトイレ』に近いシステムなのね。痴漢被害を避けたい女性だけではなく、病気や怪我《けが》などの事情で満員の電車に乗れない人も利用できることになっているから、健康な男性はご遠慮くださいねってことなの。そのところをきちんと理解したうえで対応しなきゃダメよ。絶対に揉《も》めるから」

そういう説明を受けた上で、何々線何時何分何駅発の女性専用車両に乗り込むように、との指令をおれは受けているのだ。

おれが乗車する車両を決めるのはじゅん子さんで、じゅん子さんは「女性専用車両に反対する団体」のスケジュールを極秘の方法でチェックして、それをもとに指令を出している。

おれが乗車を始めて何往復かは、まったく何の問題も起きなかった。ほとんどが女性の乗客は静かに着席するか、あるいは立ったまま、めいめいスマートフォンの画面に見入ったり、音楽を聴いたり、目を閉じて仮眠を取ったりしている。ごく限られた男性客は骨折してギプスを付けているなどの「外見的にハッキリ判《わか》る人」のみで、問題の起きようがない。

そうなるとおれもヒマだ。車内を失礼にならないように見渡していると……乗客の中に、一人の美少女を見つけた。その愛らしさは車内の女性たちの中でも飛び抜けていて、アイドルが電車通勤しているのかと思うほどだ。

艶のある黒髪を肩まで伸ばした、整った目鼻立ちながらお菓子系の、愛らしい美少女。ジーンズに白いシャツという地味な私服姿で、まだ高校生くらいだ。

彼女はドア近くに立ち、参考書らしきものを広げて一心に読んでいる。

この子は、制服がない学校に通っているのかな……などとおれは思いを巡らせた。見るからに真面目《まじめ》そうで清純な少女の姿を眺めているだけで、心が洗われるようだ。そう感じてしまうのは、おれがおじさんになってきたからか？

なんという眼福……と感動すら覚えつつ、おれは思った。これは、ウチの探偵社がこれまでに受けた仕事史上、もっとも楽な仕事に違いない。ただ電車に乗って、女性たちを眺めているだけでいいんだから。

が。世の中にそんなに都合のいい話があるはずがなかったのだ。

ある駅に着いてドアが開き、乗り込んできた乗客を見た瞬間、美少女の表情が一変した。

いきなり張り裂けるほどに目を見開き、参考書が床に落ち、両手が口元を覆った。今にも口から出そうになった悲鳴をかろうじて抑えたとしか思えない。

彼女の視線の先を追うと……そこには三人からなる集団が、車内に乗り込んでいた。

一見温厚そうな、銀縁メガネに白髪まじりの髪をオールバックにした初老の男。これはまあ普通だ。ここが女性専用車両でさえなければ。そして小柄で目つきが悪く、攻撃的なオーラを撒《ま》き散らしている男。これは穏やかではない。そして、明らかに異様なのは七三に分けた髪を肩まで伸ばし、なぜかセーラー服を着用している男だった。

セーラー服は元々水兵の制服で海上自衛官も着ているとはいえ、この男の場合はスカートを穿《は》いているのだ。赤いリボンを結んだ胸元から伸びる首にはくっきりと喉仏が浮き出し、白いソックスの上から膝までは、汚い臑毛《すねげ》が丸出し、しかも履いている黒のローファーがこれまたデカい。

この異様な三人組は、お揃《そろ》いの、毒々しいピンクのスタジャンを着用している。スタジャンの背中には、「男性差別反対！」という文字が、ご丁寧にも銀糸で刺《し》繡《しゅう》されている。

なんだこいつらは？　女性専用車両と書いてあるステッカーが読めないのか？

病気でも怪我でもなさそうで、しかも見るからに曰《いわ》くありげな三人だ。

あまりのことに一瞬思考停止しかけたおれだが、イヤイヤこういう時のために雇われているのだ、と気を取り直し、勇気を振り絞って、異様な三人に歩み寄った。

ドア近くで恐怖の表情を浮かべている美少女も気になるが、まずはこの三人を、この車両から排除しなければ。

「ちょ……すいません。これは女性専用の車両なんで……」

そう言いかけたが、それより一瞬早く、女性客の一人が彼らに話しかけてしまっていた。

人のよさそうなＯＬとおぼしき若い女性が、親しげに小柄な男の肩に触れて、「あの、ここは女性専用の車両なんですよ」と優しそうな口調で教えてあげたのだ。

「たぶん気がつかれなかったと思うんですけど、次の駅で隣の車両に移れば大丈夫だから」

するとセーラー服ロン毛の女装男が、「あらぁ、あなた何言ってるのぉ？　あたしは女よ。今だけ女」などとカラダを妙にくねらせて脇から答えた。

男性差別反対を標榜《ひょうぼう》しつつ「自分は女」だと言い張るのはなぜっすか？　矛盾してないっすか、と訊《き》いてみたかったが、この手の人物は基本的に面倒くさいので論争は厳禁だ。

乗客が注意してくれて助かった、これでおれの出る幕はない……とホッとした次の瞬間。安堵《あんど》の気持ちは木っ端微塵《こっぱみじん》に砕け散った。

「おい、気安く触るな！　暴力だぞ、これは」

親切な女性客に肩を叩《たた》かれた小柄な男が、車両全体に響きわたるような大声で絶叫したのだ。

この車両に乗り合わせた全員が振り返ってその男を見た。人の良さそうな女性はびっくりしたような顔で、小柄な男の肩にかけた手を慌てて引っ込めた。

「暴力だなんて、そんな……私はただ、あなた方が車両を間違えただけだと思って」

「いや、暴力だ。勝手に人の身体《からだ》に触れるのは暴力じゃないか！　皆さん、こいつは……この女は、私に暴力を振るったんですよ！」

小柄な男の絶叫と怒号は大きくなるばかりだ。口からツバを飛ばし小さな目を三角に吊《つ》り上げたまま、罵倒がとまらなくなった。

そして自分の声にますます興奮したのか、いきなり片手を突き出し、どん、と女性の肩を突いた。

「暴力だろ？　さっきお前がおれに振るったのは暴力だろ？　謝れ！　謝罪しろ」

この男は、叫ぶ自分をスマホで自撮りしている。どう見ても暴力を振るっているのは、この自己顕示欲の塊みたいなチビのほうなのだが。

しかし、もともと大人しそうだった女性はすっかり怯《おび》えてしまったようで、「ごめんなさい……」と小さな声で謝った。

「ああ？　聞こえねえな？　そんな小さな声じゃ判んねえんだよ。舐《な》めてんのか、てめえ！」

「あの……すみません」

「だから何がすみませんなんだよ？　何が悪いのか、てめえ、きちんと自分の口で言ってみろや？」

車内の全員が驚いて見ている。驚くのは当然だ。暴力を振るっているのは、明らかに、誰が見ても、このチビのほうではないか。

ちっぽけなクセにやたら攻撃的で、キャンキャンと小うるさい……まるでポメラニアンみたいな野郎だ。だが、気の毒な女の人はおどおどと答えている。

「あの、失礼なことを言って申し訳ありませんでした……」

「そうじゃないだろ、きちんと言えよ。おれたちが車両を間違ったわけでもないのに、間違ったと言いがかりをつけたくせに！」

凶悪ポメ男の理不尽極まりない因縁に、女性は震えながら要求されたとおりに謝っている。

「すみません。あなたが悪いわけではないのに、車両を間違ったと非難してしまいました」

「悪いと思うのなら態度で示せよ、ああ?」

ポメ男が女性の頭を小突いた。連れの二人……初老の男とセーラー服女装男はニヤニヤしながらスマホを構え、その様子を録画している。

「土下座しろ! 土下座して謝れ!」

女性が屈《かが》んで、電車の床に土下座しようとしたところでおれはハッと我に返った。あまりのことに呆然《ぼうぜん》としてしまっていたが、この車両に乗っている女性全員の視線がおれに集中している。

アンタ、何のために乗ってるのよ?

女性たちの目は怒っている。

なんとかしなさいよ、と。

おれは、弾《はじ》かれたように割って入った。

「あの……お怒りは重々承知っていうか、一応判るんすけど……でも土下座っていうのはちょっと、やりすぎじゃないっすか？　この人だって悪気があったわけでは」

　だがそれが、凶悪ポメ男の怒りの火に油を注いでしまった。

「悪気がないだと？　悪気がなければいいのか？　だいたいこの女はバカなんだよ。何にも知らないくせに。そもそも女性専用車両には誰でも乗っていいんだ！　出て行けと言われる筋合いはまったくないんだよ！」

　この男の強硬な主張の論理的骨格は、おれもじゅん子さんから聞いている。昨日、事務所で、じゅん子さんは「女性専用車両」の法的意味合いについて、丁寧に説明してくれたのだ。

「さっきも言ったとおり、『女性専用車両』という呼び方は正確ではないのね。乗車を女性に限定できるという根拠が、戦後の法律にはどこにもないから。なので、そこを突っ込まれたら、あくまでも『ご協力をお願いします』という線で、ひたすら低姿勢で対応してほしいわけ」

「けど、実際には女性専用ではないものを専用と言うのはおかしいんじゃないっすか？」

　おれが当然の疑問を呈すると、じゅん子さんは答えた。

「まあそれにはいろいろと経緯があって。車内で痴漢に遭っていた女性を助けた女性が痴漢二人に逆怨《さかうら》みされて後を尾《つ》けられ強姦《ごうかん》される、というひどい事件が昔、大阪の地下鉄御堂筋《みどうすじ》線で起きたのね。そういうきっかけがあって、鉄道での痴漢の被害を防止するために設定されたという事情があるものだから、あのステッカーが貼ってあるわけなのよ」

横で聞いていた黒田社長が口を出してきた。

「そうや。大人の事情がいろいろとあってな。きっちり女性専用と法律では決められん理由があるさかいに、ワシらに仕事が回ってきとるわけや。グレーな部分に商機ありや」

今にして思えば、おれにはその時の、黒田社長の言葉の意味が全然判っていなかった。

「おらおら、何ボーッとしてるんだよ、このデクノボー野郎が！」

凶悪ポメ男に小突かれて、おれはハッと我に返った。

「おれたちは客だぞ？　その客が当然の権利を主張しているのに、お前が間違った知識に基づいて生意気にも心得違いにも、おれたちに注意するなんて、一体どういうつもりなんだ？　ああっ？　この無知蒙昧《むちもうまい》の脳足りん野郎がっ！」

「はあ……すいません」

とりあえず、おれも謝ってしまった。

「キミ、謝れば済むと思ってるんじゃないの？」

ポメ男の加勢に入ったのはセーラー服女装男だ。七三に分けたロン毛はなぜか異様にツヤツヤしているが、間近に見る顔は、荒れた肌とこけた頬と、ギラギラと血走った眼がモーレツに気持ち悪い。異形の怪物みたいだ。

「うわっキモ……」

おれが思わず呟《つぶや》いたひと言が、この変態女装男の何かのスイッチを入れてしまった。

「ちょっとキミ、気持ち悪いってどういうことよ？　その表現は差別だ！　男性に対する悪質な差別だ。一番キズつく言葉を、ピンポイントで狙ってぶつけてくるだろう？　女はいつもそうだ。そういうひどいことを、ずっと男に対して行っているんだ！」

「え……そう言われても」

この女装男は、さっき自分は女だと言い張ったんじゃなかったっけ？　いや、その主張はさすがに無理があると悟って方向転換したのか？　いやいやそれ以前に……。だっておれは女じゃないし、と言いたいのだが、慌ててしまって言葉が出ない。

そういうおれのアワアワ姿が女装男をますます刺激してしまったらしい。

「キミ、正直に言いたまえ。ボクのこと気持ち悪いと思ったでしょう?」

「はぁ……どう見てもキモいっすけど」

思わず本心を言ってしまった。

「キモいって言った! 今、キモいって言ったな? だからそれが差別だと言うんだよ!」

なんなんだこいつは?

あまりのシュールさに呆然とするおれの耳に、土下座させられかけていた女性が投げやりに呟く声が聞こえた。

「だって……ホントにキモいんだもの、仕方ないじゃない!」

「あっ、またキモいって言った! この女もボクのことをキモいって言った! 差別だ! 謝れっ」

セーラー服男がバカでかいローファーで謝れ謝れと地団駄を踏む。その姿はほとんど悪夢だ。しばらく夢に出てきてうなされそうだ。

土下座をしかけて中腰の女性も露骨に顔をしかめ、耐えがたい不快さを顔に出している。

その時、『この先、揺れますのでご注意ください』とのアナウンスが入った。電車は速度を落とし、次の駅に接近しつつあった。

セーラー服男の剣幕に気を呑《の》まれたのか、ポメ男が大人しくなっている。このチャンスを逃がしてはならない。

おれは必死で畳み掛けた。

「判りました。なんかよく判らないけど、すいません。でも、一応、この車両は女性専用ってことになってるんで、お客さんたちには、とりあえず、次の駅で降りていただいて……」

このヒトを降ろして、あとの対応は駅の職員に任せてしまおう。おれの仕事はそこまでだ……と思ったのだ。しかし。

「だからその女性専用ってのが真っ赤なウソだってんだろうがよ！　根拠なき詭弁《きべん》だ！」

おれの言葉でポメ男の怒りに再び火がついてしまった。凶悪ポメ男が、おれの肩を思いっきり突き飛ばす。いや、グーで殴りつけた。

「うわっ」

思わずよろめいたところで電車が停車し、殴られたおれが激突する寸前、ドアが、絶妙なタイミングで開いた。

おれはプラットフォームに仰向《あおむ》けに倒れ込みそうになった。だが片足だけが車内に残り、バランスを崩しかけた上体でぶんぶんと両腕を振り回したところで……力強い腕が、がっしりとおれを抱き留めた。

「こら、飯倉。オドレは何しとんねん！」

おれを思いっきり怒鳴りあげる声は、ポメラニアン男より恐ろしい黒田社長のものだった。ヤクザか悪役プロレスラーか、とにかく外見と声が恐ろしい。内面はもっと恐ろしいけれど。

「しゃ……社長、どうしてここに！」

「ド喧《やかま》しいわ！　お前がヘタ打ったらワシにはすぐ判るんや」

不可解なことを言った黒田は、おれを車内に突き飛ばし返し、その勢いのまま車両に乗り込むや小柄なポメラニアン男に突進して、いきなりその胸ぐらを摑《つか》んだ。

「あんた、ウチの従業員に何をしてくれはりましたんや？」

渾身《こんしん》の力を目に集中させて黒田が睨《にら》みつける、そのメヂカラは市川海老蔵《いちかわえびぞう》も真っ青なほどのレーザービームを放ってポメ男を貫いた。

さっきまでの勢いは何処《どこ》へやら、ポメ男はへなへなと萎縮し、小柄な身体がさらに縮んでしまったように思えたが、それでも必死に、どもりつつ虚勢を張ろうとした。

「なっなんだって言うんだよ。おれは客だぞ。お前誰だよ？　このヘタレは地下鉄の職員だろ？　職員に客が文句言って何が悪い！」

「あいにくやな。このヘタレは地下鉄の人間ちゃうねん。ワシの舎弟やねん。あんた、このオトシマエどないするつもりや？　あ？　隅田川《すみだがわ》に浮かぶか？」

『舎弟』はギリギリだ。その筋のバックグラウンドを匂わせたと受け取られたが最後、通報されて暴対法でお縄になってしまう。

だが幸い、ポメ男は黒田の迫力にすっかりビビってしまい、もはや逃げることしか頭にないようだ。

「おっ覚えてろっ！」

そんな情けない捨てゼリフを残して奇妙な三人組は全員、バタバタと電車を降りて逃げて行ってしまった。

ああよかった、とりあえずこれで一件落着。

と思う間もなく、うしろで悲鳴があがった。

「あなた……大丈夫？」

「しっかりして！」

「通報して！　救急車を呼んで！」

慌てておれが振り返ると、例の美少女が床に崩れ落ちて意識を失っていた。顔が紙のように白くなっている。

「どっどうしたんすかっ」

おれが駆け寄ると、きれいな顔にはうっすらと汗がにじみ、目を閉じた美少女が浅い息をついていた。とても苦しそうだ。

「過呼吸や。誰か紙袋かなんか持ってまへんか？　この子の口に袋を当てるんや」

黒田が割って入ったが、さきほど土下座をしかけた女性が「私に任せて」と進み出た。

「以前は過換気症候群の発作には、小さな紙袋やビニール袋を口に当てていましたが、それは正しくありません。過呼吸は、呼吸をしすぎることで体内の二酸化炭素が著しく減少するから起きるのです。紙袋は、吐き出した息に含まれる二酸化炭素をもう一度吸うことで体内の二酸化炭素量を増やす目的でしたが、二酸化炭素を過剰に吸収すると別の症状を招くことがあり、それで死亡事故も起きています」

「あ～そうなの？　ほたら、どないしたらええの？」

「私がやります」

医療関係者だというその女性は、美少女をシートに座らせて、「息を止めて十数えて……息を吐いて。三秒間息を吐いて、三秒間息を吸うのを繰り返して」と呼吸法を指導した。

やがて美少女の呼吸の乱れはおさまったが、恐怖に満ちた表情は変わらない。

「あの……あの男の人は？……白髪まじりの、銀色のメガネをかけた」

あの三人組の中で一番マトモそうだった初老の男性を見た瞬間、この美少女が恐怖の表情を浮かべたことを、おれは思い出した。

「とにかく、駅長室に行きましょう」

この電車は、一連のトラブルで運行がストップしている。早く動かしてダイヤの乱れを戻さねばならない。


駅の救護室で休息をとって、ようやく人心地《ひとごこち》のついた美少女は、「矢沢未花《やざわみか》です」と名乗り、ここに至った事情を話し始めた。

おれと黒田、そして急遽《きゅうきょ》駆けつけたじゅん子さんと黒田の愛人にして当探偵社のスタッフの一人であるあや子《こ》さんの全員が、未花さんの話を真剣に聞くことになった。

「私は、あの、白髪まじりで銀縁メガネの男の人にストーカーされているんです」

「えっ？　一番フツーに見えた、あのおっさんがですか？」

おれの問いに、未花さんは頷《うなず》いた。

高校から電車通学をするようになった彼女はあの男に目をつけられ、連日執拗《しつよう》に痴漢をされるようになったと言って肩を落とした。

「郊外の自宅から、都心にある進学校に通うことになったんですけど……それまで朝のラッシュ時に電車に乗ることなんてなかったし、男の兄弟もいないし、男の子と付き合ったこともなかったんです。それなのに満員電車であの男の人にいきなり身体を触られて、下着の中にまで指を入れられて」

物凄《ものすご》いショックだった、という未花さんはそれから乗車する車両を変えたり時間帯を変えたり、乗る駅を変えたりと、あらゆることをやってみたが、彼女が美少女すぎたせいか、ストーカーと化したその痴漢を完全に振り切ることは無理だった。

しかも彼女が利用していた私鉄のその路線には、女性専用車両がなかったのだ。

「なんとか逃げたくて、できることはすべてやりました。でも、あのヒトのしつこさと言うか、執着は本当に恐ろしくて……そして、ある日、とうとう……」

未花さんは声を震わせて、問題の中年男にレイプされそうになった戦慄の記憶を語った。

「手をつかまれて、剝《む》き出しの、男の人のものを無理やり握らされて……限界だったので、電車を降りて逃げました。でも付いてくるんです。ぴったりと。大きな駅の長い通路をどこまでも逃げて、エスカレーターや階段を何度も昇り降りして……ようやく撒いたと思ったのに、目の前にいるんです……」

うんうん、と黒田は身を乗り出して熱心に聞いている。

「ほんで、どないなった？」

「はい……それから……私はもう絶望したというか、もう逃げられないという気持ちになって、心が折れてしまって……そのまま腕を摑まれて、駅の『多目的トイレ』に」

「引っ張り込まれたんかいな！」

黒田の目はらんらんと輝いて声も弾んでいる。この姿は、恐怖のストーカー体験を聞いて相談に乗る、という主旨を大きく逸脱しているぞ！

「……トイレに連れ込まれてドアが閉まると、あの男は私に襲いかかってきて、首筋に吸い付いて舌を這《は》わせてきて……」

「元タレントのアイツがやったようなことやな？」

「ちょっと社長！　その剝き出しの好奇心は、セクハラですよ！」

さすがにじゅん子さんがイエローカードを出した。

「いやしかし、こういうシチュエーションで、被害を受けた当人のジョシコーセーから話を聞くと、物凄う刺激的でやな……」

言い訳した黒田は、彼女にモロに訊《たず》ねた。

「で？　やられたんかいな？」

そう言った直後、黒田は悲鳴を上げた。じゅん子さんに頬を思いっきり抓《つね》られたのだ。

「……ごめんなさい。このオッサンは無視していいから」

じゅん子さんは謝って、先を促した。

「はい。……その人は私の胸をつかんで、手を下におろしてきて、お尻を撫《な》でてスカートの中に入れてきて、太腿《ふともも》も撫で回したあと、いつものように、下着の中にまで指を」

「あかん。だんだん興奮してきた」

黒田は顔を赤くして席を立った。これ以上同席しているとまた不用意な発言をして、じゅん子さんに制裁を加えられると悟ったのだろう。

「本当に怖かったです。怖いと、声が出なくなるんです。全身が固まってしまって、逃げる事も出来なくて。そういう現実を知らない人たちは『逃げられたはずだ』とか『声を出せばいい』と言いますけど、実際問題、何も出来なくなるってことを、知って欲しいです」

未花さんはそう言って泣いた。過去の嫌な記憶が蘇《よみがえ》ってきたのだろう。

それを聞いているじゅん子さんとあや子さんも憤りの表情を隠せない。

おれは……もちろん怒りを感じてはいるのだが、黒田の興奮も理解出来るだけに、ひどくうしろめたい。

「……で、どうなったんですか？」

おれは、掠《かす》れた声でその先を聞いた。

「その時は、本当に幸いにも、ドアが開いて、入ってこようとしたオバサンが悲鳴を上げてくれたので……ストーカーの男は、多目的トイレのドアをロックし忘れていたんです」

多目的トイレのドアにもいろいろあって、ボタンを押せば自動でロックされるものと、手動でレバーを回さないとロックしないものがある。未花さんの場合は、旧式だったのが不幸中の幸いだった。

「『このコが気分が悪くなったから介抱していただけだ』と言い訳してストーカーは逃げてしまいましたが……だけど、全然懲りてなくて、数日経《た》ってから、また毎日のように駅で待ち伏せをされるようになって……『怖がるその顔が可愛《かわい》いねえ』と耳元で露骨に囁《ささや》きかけられた、その瞬間が限界でした。気がついたら駅の外まで逃げていて、それっきり、私は、電車に乗れなくなってしまったんです」

せっかく合格した進学校も休学するしかなくなってしまった、と未花さんは涙ながらに語った。

「今はフリースクールに通っています。休学している高校とは違う私鉄の沿線にあって、ここなら女性専用車両もあるので、なんとか通学できるかなと思って、徐々に外に出る練習をしているところだったんです。なのに……」

そう言ってうなだれる未花さんに、じゅん子さんは言いきった。

「あの男はストーカーどころか、レッキとした性犯罪者です。強姦魔です」

じゅん子さんは完全に怒っている。

「あなたに異常に執着する性犯罪者が、女性専用車両に反対するメンバーを募って、あなたが使う車両に乗り込む口実にしたんでしょう」

狡猾《こうかつ》で卑劣な手口だと、じゅん子さんは吐き棄《す》てるように言った。

やがて、未花さんの母親が迎えに来て、母子は深々と頭を下げて帰っていった。

「……ひどい話っすねえ」

おれも同情せずにはいられない。

「けど、おれは鉄道会社の職員じゃないんで、あんなやつらが相手でも、降りろという命令ができないんすよね、その権限がないから」

愚痴るおれに、じゅん子さんは言った。

「あのね飯倉くん、降りろと命令する権限は、実は鉄道会社の職員にもないの。痴漢とか性犯罪を実行すれば話は別よ。でも『女性専用車両』に男性が乗り込むこと自体を禁止することは誰にもできない。そして、それこそが私たちが雇われている最大の理由なの」

じゅん子さんは改めて説明してくれた。

要するに、名称こそ「女性専用車両」と名付けられてはいても、実際には「女性専用」とする根拠法が存在しない。だから法的には誰でも乗車ができるのだと。

「男性が乗車していても、『女性専用車両』から降車させる法的な根拠がないのよ」

明治期に制定された「鉄道営業法」には女性専用車両の規定があるが、それは現行憲法に照らして問題があるため、鉄道各社はどこもその規定を採用していない。

その曖昧な状況のもと、「女性専用車両」をめぐって鉄道各社の路線でトラブルや反対運動が発生しており、現場で矢面に立つ車掌さんたちが、そのしわ寄せを全部背負わされているのだと。

「専用車両反対の人たちに怒鳴られてPTSDを発症して、勤務につけなくなった人までいるらしくて……だから、鉄道会社も困って、女性専用車両の警備を外注してみることになったのよ。戦場カメラマンがみんなフリーで、マスコミの『外』の人たちばかりなのと同じ。今回は警備外注のテストケースね」

じゅん子さんはそう言って溜息《ためいき》をついた。

「ええっ！ それじゃおれはただのサンドバッグじゃないっすか！」

どうせ社長やじゅん子さんは現場には出て来ない。痛い目に遭うのはおれなのだ。おれがPTSDになったらどうしてくれるの？

そう思ったところで黒田にどやされた。

「うるさいわ！ いちいち文句を言うな。需要のあるところに商機ありや」

黒田はうそぶいた。

「それに、ウチと鉄道会社は表向き、何の関係もない事になっとる。お前が着とる制服も、細かく見ると正式なモノとちょっと違う。いわゆるナンチャッテ制服言うヤツや。イザと言う時、この男はウチと何の関係もありません、鉄道オタクのなれの果てや、と言えるようにな」

「なんだか一般企業とヤクザの関係みたいな……」

言いかけておれは黙った。黒田のどんぐり眼がカッと見開かれたからだ。

「いやそれは違うデ。鉄道オタクの中には車掌になりきって車内アナウンスをしたり、車掌ソックリの衣裳を着込んで意気揚揚と車内を巡回する、そういう一線を越えたヤツがおるやないか。お前はその同類っちゅうことや」

その時、スマホを見ていたあや子さんが素っ頓狂な声を上げた。

「飯倉くん。また飯倉くんがネットに晒《さら》されてるよ！」

黒田の探偵社で仕事を始めてからもう何回目になるのか覚えていないが、おれの動画がまたも勝手に、ネット上に公開されていた。

それは、ついさっきの、おれと例の三人組とのあいだのトラブルだ。しかもその映像は都合良く編集されていて、おれが一方的に悪者にされている。

そう言えば、あの連中はスマホを構えて全員が動画を撮っていたのだった。

『キミ、正直に言いたまえ。ボクのこと気持ち悪いと思ったでしょう？』

『はぁ……どう見てもキモいっすけど』

『はぁ……どう見てもキモいっすけど』

『はぁ……どう見てもキモいっすけど』

『キモいっすけど』『キモいっすけど』

『キモいっすけど』『キモいっすけど』

うっかり口にしたひとことが何度もリピートされている。

そして映像にコメントしまくって炎上させているのは、例の三人組と主義主張を同じくする、女性専用車両反対派の連中ばかりだ。

『こいつ何様？』

『客にキモいと言ってる』

『鉄道会社に抗議しようぜ』

しかも腹立たしいことに、三人組の顔にはモザイクがかけられて音声も変えられているのに、おれは顔出しで、声もそのままだ。

凶悪ポメラニアン男の、ただでさえ甲高い声がピッチを変えられて、いっそう耳障りで不快なキンキン声になっている。

「エラいヒマな連中や。ヒマやからこんな事にうつつを抜かすんやな」

黒田が呆《あき》れていると、スマホが鳴った。

「なんやて？　新たなトラブル発生や！」

電話を受けた黒田の指令で我々は即、出動した。まるでウルトラ警備隊だ。

未花さんが休息をとった駅とは別の、ＪＲの某駅。ここの「みどりの窓口」で、またもさっきの三人組がトラブルを起こしていた。

「だから、この特別臨時列車のチケットが欲しいんだよ！」

「何度も申し上げましたが、これはお売りできません」

「なんでだよ。こっちは買うと言ってるのに売れないってのは、客を差別してるのかよ！」

窓口でえんえんと押し問答している。

「とにかくこのチケットは、たとえご購入いただいたとしても、ご乗車にはなれませんよ」

気の毒な窓口の職員は引き攣《つ》った表情で応対している。

切符を売れないって、どういうことだ？

おれは首を捻《ひね》ったが、やがてコトの次第が判ってきた。

この三人組が買おうとしているチケットは、特定日だけに運行する、「安心の一両まるごと女性専用車両」が連結された、特別臨時列車のものだったのだ。

今、日本の夜行寝台列車は出雲市《いずもし》及び高松行きの「サンライズ」以外、定期運行のものはすべて廃止されてしまったが、春休みや夏休みの特定日に、特別臨時列車として運行されることがある。

問題の列車も、上野から東北本線を青森まで走る特別臨時夜行列車で、女性専用の「お座敷車両」が一両ついている。これは一部のマニアでは以前から知られていて、発売前からプラチナチケットになっているのだと、鉄道にも詳しいじゅん子さんが解説してくれた。

たしかにマニア垂涎《すいぜん》の特別列車だが、女性限定である以上、男性の購入は想定されていない。

しかしそのような常識が通用する三人組ではない。

「乗れない？　おかしいじゃないか。貸切でもない以上、公共交通機関だろ？　その、誰でも利用出来るはずの乗り物から男性を排除するのは差別であり、憲法違反じゃないか！」

貸切ではないにしても、「女性専用」と銘打っている以上、利用は限定される……それを窓口の係員が何度も説明しているのだが、当然ながら連中にはまったく通じない。

コイツらの繰り出す屁理屈《へりくつ》のせいで、みどりの窓口には長蛇の列が出来ている。

順番を待っているお客さんたちの表情が刻々と険悪になっていく。もはや一触即発で、暴動が起きてもおかしくない不穏な空気が漂っていた。

　業を煮やした黒田が、断を下した。

「もうええわ。埒《らち》があかん。その人らに券を売りなはれ。あとはワシらがなんとかしまっさかい」

「は？　しかしこれは女性専用車両で、男性は乗車できないんですよ？　それが判っているのに販売は出来ませんが？」

「いやいや、それを百万遍繰り返したところで、この人らには通じまへん。ここはワシが責任を取りまっさ」

「判りました。私およびこの売り場、この駅、そしてＪＲ東日本にはまったく、何の責任もないことを宣言した上で、売りましょう」

　会社の看板を背負って仕事するのも大変だ。

　みどりの窓口の職員は渋々、三枚の指定券を発券した。チケットを受け取った三人組はドヤ顔で黒田を褒めそやした。

「キミ、改心したのか？　いい心掛けだな」

「見直したぜ」

「けっこういいとこあるじゃないのよ？」

三人は意気揚々と引き上げて行った。

「いいんすか社長？　あんな安請け合いして」

おれは不安になった。今はなんとかなっても、この列車が発車する時には絶対に揉める。

いや十中八九、黒田がかましたこのハッタリのツケは、おれが払わされることになるのだ。間違いない。

じゅん子さんも肩をすくめて言った。

「仕方ないですね。まあ、その時はその時でなんとかするしかないわね」

＊

「臨時特別寝台特急スペシャルあけぼの☆安心の一両まるごと女性専用車両連結」の出発する日が来た。

この列車が発車する上野《うえの》駅の十三番線に、一般の乗客に混じって、果たして問題の三人が姿を現した。

彼らは当然のように女性専用車両に乗り込もうとしたが、一方、彼らを阻止せんとする我々ブラックフィールド探偵社の四人も、当然のごとく待ち構えている。

さあ、攻防戦が始まるぞ！

向こうは三人。こちらは四人。しかも腕力的には黒田が普通の男性五人に匹敵するし、屁理屈ではじゅん子さんが無敵だし、最終兵器として「お色気」という飛び道具を持ったあや子さんも控えている。

おれは……いわば代走要員か。

これは楽勝のカードだな、とおれは完全に観戦者のつもりになっていた。なのに……。

なんと、黒田の腕力も、じゅん子さんの弁舌も、あや子さんのお色気も、何ひとつ、まったく発揮されることもなく……我がブラックフィールド探偵社は、三人の乗車をやすやすと許してしまったではないか！

「社長！　じゅん子さん！　……これでいいんですか？　水際で阻止しないとあとから絶対、面倒な事になるっすよ！」

事態が理解出来ないおれは焦って必死に言い募ったが、何故《なぜ》か二人は平然としている。力ずくで三人衆を排除するわけでも、鋭い舌鋒《ぜっぽう》で頭のユルい彼らを論破して追い払うわけでもない。

性暴力初老男と凶悪ポメラニアン男、そしてセーラー服女装男の「キモすぎ三人衆」は不敵な笑みを浮かべつつ、悠々と女性専用のお座敷車両に乗り込んでしまった。

『まもなく、十三番線より「臨時特別寝台特急スペシャルあけぼの☆安心の一両まるごと女性専用車両連結」青森行きが発車致します。お見送りの方は列車からお降りください。間もなく発車致します』

ホームにアナウンスが響き渡った。

「ほなワシらもそろそろ車内に行こか」

黒田の指示で我々四人は、問題の「安心の一両まるごと女性専用車両」に向かった。

この車両は、以前よくあった「お座敷列車」だ。畳に布団を敷くタイプの、車両全部が大部屋状態という設定で、さながら修学旅行の旅館の一室みたいな感じになっている。

すでに乗り込んで自分の布団に座っていた女性客たちは、乗り込んできた三人衆を見て悲鳴を上げ、阿鼻叫喚《あびきょうかん》のパニックになっていた。

「なんで……なんで男がいるのーっっっ！」

絶叫した一人に呼応して、他の女性客も動揺し、「何よアンタたち！」と非難を始めた。

その混乱をゲスな三人衆はニヤニヤしながら眺めている。彼らは自分たちが注目され、非難されるのを愉《たの》しんでいるのだ。

やっぱりコイツらは変態だ……。

うち二人は、めいめい自分のスマホで女性たちがパニックを起こし、次第に手がつけられなくなっていく様子を撮影している。

彼らにとっては、女性客が騒げば騒ぐほど、怒れば怒るほどに「面白い映像」「想定内の反応」が撮影出来てやめられないのだろう。

案の定、彼らはニヤニヤしながら「うるせえなあ、おい」「だから女はダメなんだ」「静かにしろよヒステリー女」などと聞こえよがしに呟きながら動画を撮影している。

だが三人の中の一人、白髪まじりの髪にオールバックの男だけは、撮影するでもなく、鋭い目で探るように車内を見ている。あの美少女・未花さんがストーカーだと言った男だ。

おれの視線に気がついたのか、その男は自分からおれに話しかけてきた。

「ああ、またキミか。キミもこんなヒステリー女どもの子守りをするの、大変だね」

「そうっすね。あなた方さえいなければ、おれたちの出番も不要なんですけどね」

黒田たちが何もしないので、おれは精一杯の皮肉を言ってやったが、初老の男は、ハハハと笑って受け流した。腹が立つ。

「ところでキミ、高校生くらいの、とても可愛い子がこの車両を予約しているはずなんだが、見なかったかね？」

細身で華奢《きゃしゃ》で、黒髪を肩まで伸ばした、色白の、きれいな子だよ、と男は憑《つ》かれたように喋《しゃべ》った。

「この夜行列車に乗っているはずなんだ」

「お客さん、なんでそんなことがオタクさんに判るんですか？」

「それはキミ、蛇の道はヘビというか、いろんな奥の手がある。あの子のことなら、私は何でも知っているんだ」

男は、舌なめずりをせんばかりの表情と口調で言った。

こんなやつに目をつけられたら、生理的に不快で、薄気味悪くて、虫酸《むしず》が走るだろうな。

おれは未花さんに心から同情した。

おれたちが話している間にも、ポメラニアン男がキャンキャンと喚《わめ》き、セーラー服女装男も変態剝き出しの暴言を吐いて、女性客のパニックはますます混乱の度を深め、いよいよ収拾がつかなくなってきた。

「男が！　男がいるなんて聞いてないわよっ」

「出ていって！　出てってよーっ！」

男性に激しい拒絶反応を示す一部の女性客が泣き喚きヒートアップする迫力は凄《すさ》まじく、車内アナウンスがまるで聞こえないほどだ。

これにはさすがの三人衆もたじたじとなりかけた、まさにその時。

「いけーっ！」

という勇ましい雄叫《おたけ》び、いや雌叫《めたけ》びとともに、戦国時代の真田《さなだ》軍団もかくやと思えるほどの勢いで女性たちの集団が雪崩《なだ》れ込んできた。

彼女たちは全員が髪を逆立てて顔は白塗り、歌舞伎の隈取《くまど》りのようなどぎついアイラインに、唇も真っ黒や紫色に塗った異様な集団だ。衣装は黒のレザーに鋲《びょう》をたくさん打った「お約束」のスタイル。全員がチェーンをじゃらじゃら言わせ、釘《くぎ》バットまで持っている。

これは……いわゆるパンクというやつか？　最近やった「スーサイドなんとか」という映画に出てきたハーレイ・クインみたいなのが……なんと三十人ほどもいる！

彼女たちはめいめい釘バットを三人衆に突きつけて、大声で糾弾し始めた。

「てめえらキショいんだよ！」

「差別とかテキトーなこと言いやがって」

「生かじりの頭悪い法律知識を振り回すな！」

「女装するならキレイにやれ。そんな雑巾みたいなセーラー服はセーラー服への冒《ぼう》瀆《とく》だ！」

「セーラー服に謝れ！」

「きゃんきゃん吠《ほ》えるな！　耳が痛い！」

「いじけた精神はみすぼらしい肉体に宿るってな！　消えろ」

「降りろ！　今すぐ降りて土下座して謝れ！」

「おーりーろっ！　おーりーろっ！」

女性軍の攻勢に、セーラー服女装男が必死に言い返した。

「きみたちは男性を差別するのか！　公共交通機関からの排除は差別だぞ！　憲法違反だぞ！　そんなことも知らないのか！　憲法を遵守しろ！」

言うことは勇ましいが、声はヨレっている。

「うるせー。てめえらだって差別はしてんだろ？」

白塗りパンクゴス女が即座に反撃した。

「そんなに女性専用車両に乗りたいのかよ？　だったら乗り放題にしてやるから、女性の賃金を上げろよ。男性並みにしろよ。国会議員と大企業の役員の割合も、男女半々にしろよ！」

そうだ！　と他の女性たちも声を上げた。

「気持ち悪いセーラー服着てエラソーな事言うな！」

「被害者ぶるな！」

「このクレーマーが」

「世間の注目を浴びたいだけだろ！」

「振り上げた拳を降ろせなくなって意地張ってるだけだろうがよ？　糞《くそ》みっともねえ！」

「てめえら、面倒なんだよ」

口々に罵言を浴びせると、男たちはたじたじとなった。

気勢を上げる女性軍の中にひとり、周りと同じようなゴスでパンクな格好だが、一きわ細身で華奢な女性、いや少女がいた。

初老のストーカー男が目を輝かせ、嬉々《きき》としてその少女に歩み寄った。

「やっぱりキミだったか。探したよ！　私には判るんだ。そんなどぎつい化粧も、おかしな衣裳もキミには似合わないよ。だいいち下品じゃないか」

だがその女性、いや少女はいきなりくわっと歌舞伎役者のように目を剝くと、その表情は別人のように変貌した。

「下品？」

可愛い口元から出たのは、地獄の底から響いてくるような、ドスのきいた低音だった。

「てめえだよ！　下品なのは」

驚いたことに、この女性は、未花さんだった。この前は泣いてばかりだったのに、今の未花さんはパンクなメイクと衣裳のせいなのか、ストーカーに猛然と口答えを開始した。

「いいトシして女子高生追い回して、恥ずかしくないのかよ？　え？　このクソジジイが！」

「なんだと？」

初老の男は一瞬、自分が言われた言葉が信じられないという顔になり、次いで逆上した。

「子どものくせに、子どものくせに、子どものくせにっ！　この私に逆らうのかっ」

男の、一見上品そうな顔つきが一変して悪鬼のような形相になった。と思ったら、この男はいきなり末花さんの顔をグーで殴った。

「なにするんですかっ！」

驚いたおれが飛びかかって止めようとするより早く、末花さんがキレた。

「やりやがったなテメー！」

末花さんも間髪を入れず男の顔のど真ん中にパンチを入れた。

「ぎゃっ」

男が情けない声を上げると同時に、鼻血が噴き出した。懐かしの「鼻血ブー」だ。「椿三十郎《つばきさんじゅうろう》」のラストのように、その鼻血は弧を描いて数メートルも飛び、男は自分の鼻血を見て震え上がった。

「覚えとけよ。先に手を出したのはてめえだからな！」

末花さんは目にもとまらぬ速さでビビッている男の手首を摑んで逆にねじり、くるりと自分の身体を反転させると、あっという間に鮮やかな背負い投げを決めた。

ふたたび男の襟首を摑むと、今度は低い姿勢からまた投げた。倒れた男の胸ぐらを摑みあげて、また投げ倒す。初老の男の顔も全身も鼻血で真っ赤に染まり、赤鬼というか赤ダルマみたいになっているが、タマキンを抜かれてしまったような弱々しさで、未花さんの連続投げ技になすがままだ。

「おおこれは……往年の名作『県警対組織暴力』で梅宮辰夫《うめみやたつお》のエリート警部補がベテラン刑事の佐野浅夫《さのあさお》をこれでもかと投げ飛ばす、あの名場面を彷彿《ほうふつ》とさせるのう」

この悪夢のような光景を、黒田は喜色満面で拍手喝采しつつ眺めている。

おれのそばにいるじゅん子さんも、感嘆したように呟いた。

「やるわね。特訓しただけのことはあったわ」

「え？　トックン？」

思わずおれは聞き返したが、そこに未花さんの絶叫が割って入った。

「アンタのせいで……アンタのせいで、私は学校にも行けなくなったんだよ！　返してよ。私の一年を返してっ！」

その叫びはどんどん悲痛さを帯びて、彼女はついに泣きながら倒れた男を蹴り始めた。

美少女のキックが腹や顔に命中して、男は完全にサンドバッグ状態だ。

未花さんの怒りに圧倒されたのか、そもそも根性も友情もないのか、他の二人は呆然と修羅場を見ているだけで、仲間に救いの手を差し伸べる様子はまったくない。

「死ね死ね死んでしまえ！」

　未花さんはなおも蹴りを入れ続けた。

「はい、そこまで！」

　じゅん子さんが終了を告げるかのようにピーッと笛を吹いた。

「それ以上は駄目。正当防衛の範囲を超えるわ。ストップ！」

　じゅん子さんの声に、未花さんはようやく我に返った。

　黒田がリングドクターのようにズタボロになった男に駆け寄り、脈拍と瞳孔を確認した。

「大丈夫や。命に別状はないデ」

　それを聞いてホッとしたのか、セーラー服女装男とポメラニアン男は腰を抜かし、へなへなと座り込んだ。

　列車の発車時間はとうに過ぎているはずだが、発車しない。その代わりに、いつの間にか姿を消していたあや子さんが、担架を持った救急隊員を連れてきた。

「はいはいレスキューレスキュー」

　あや子さんと救急隊員が鼻血で真っ赤な男を担架に乗せている時に、さらに数人の女性たちが車内に入ってきた。

最初に入ってきた中年女性と、高校生くらいの女の子は、担架に乗せられた男に怒りの罵声を浴びせた。

「あなた本当に、本当にいい加減にしてください！　こんな事をしでかして恥ずかしくないの？　これじゃ家族まで世間様に顔向け出来ないし、近所のスーパーにも行けないし道も歩けないじゃないのっ！　きっと酷《ひど》いメールが殺到してSNSにもあることないこと書かれまくるんだわ！　変態男を夫に持つと人生破滅よ！」

担架上の男は、配偶者らしいこの女性に言い返す気力もなく、「すまん……」というだけだ。

「あなたの変態行為は前から知ってたのよ。いつかは収まると思っていたのに……ええ、ええ、あなたの言いたいことぐらい判ってます。妻のくせに止めなかった私が悪い。そう言いたいんでしょう？　でもあなたは少しでも意見すると妙な理屈を振り回して、逆ギレして怒り出すから、私だって何も言いたくなかったのよ！」

男の妻はそこまで言うと、未花さんに向かって深々と頭を下げた。

「同じ女性としてお詫《わ》びします。もちろんこれは、あなたの正当防衛ですし、このクズがあなたを訴えることも絶対にありません。それどころか、あなたにこのクズを訴えて貰《もら》ってもいいくらいだわ。終身刑にでもなればいいのよ！　このクズとは別れるつもりなので」

やはり男を軽蔑の目で見ている高校生くらいの少女も頷いた。

「そうだよ、お父さん、サイテー。てか、こんなクソ男、父親とか思いたくねえし」

自分の娘と同じくらいの女の子を追い回していたのだから、娘さんの怒りも当然だろう。

「もうキモくて吐きそうだよ！　キショいの通り越して怪物だよ。一生、顔も見たくない」

母子は、未花さんとおれたちに再び頭を下げると、担架上の男を無視して出ていった。

それと入れ替わりに入って来たのは、老女だった。彼女はポメラニアン男にまっしぐらに駆け寄ると、男の頬を立て続けにビンタした。

「情けない！　いい大学を出して、これで一安心だと思ったのに、どこで道を間違えてこんな馬鹿になってしまったんだろうね？」

ポメラニアン男は、情けない声で謝った。

「ママ……ごめんなさい」

「あたしはね、お前をこんなみっともない男にするために苦労して育てたんじゃないんだよ！　お前は頭がいいのに性格が歪《ゆが》んでるから友だちにも相手にされなくて……それで、こういう方向に走ってしまったのかねえ」

老母は大きな溜息をつくと、ポメラニアン男の腕をつかみ、ぐいと引っ張った。

「さ、行くよ！」

まるで母親が小学生のガキを引っ立てるように、ポメラニアン男も母親に連れられて退場して行った。

「では、我々も行きますので……」

呆れ返った表情で待機していた救急隊員たちも、「それじゃあ」と小さな声で言って担架を持ち上げた。

誰も相手にされないままなのは、セーラー服姿のロン毛の男だった。この男にだけは、誰も迎えが来ない。

「調べたんですけど、この人には家族も身よりも居ないようです」

じゅん子さんが黒田に報告した。

「天涯孤独の変態か。失うモノがないよって一途《いちず》に変態道を驀進《ばくしん》しよったんかいな？　処置無しやな」

呆れる黒田にセーラー服男は激昂《げっこう》した。

「なんとでも言え。何を言われようがボクはこの活動を続ける。憲法違反の女性専用車両がこの世からなくなるまで、女装して乗って乗って乗りまくる。身を挺《てい》して問題を提起し続けてやる！」

「そう言わはるけど、あんたなあ……その憲法が変わってしまうかもしれまへんで」

「その時はその時だ」

セーラー服男はなおも強弁した。

しかし……。

「今日をかぎりに」

担架に乗せられていたストーカー男が消え入るような声で言った。

「これを以《もっ》て、この『男性差別を許さない会』は解散する」

「えええっ？」

セーラー服男は、鳩《はと》が豆鉄砲を食らったように（というのもよく判らない言葉だが、この場合はこれ以外の表現が思いつかない）目を丸くして驚愕《きょうがく》した。

「そそ、それって、どういう意味ですか会長？」

「解散だ。シンプルに、解散」

顔を鼻血で真っ赤にした男は、そう言い残すと、がっくりと頭を担架に落とし、そのまま運ばれていった。

「イヤイヤ会長、待ってくださいよ！」

去って行く担架上の男にセーラー服男が叫んだ。

「かっ解散なんてそんな……この会があるから、ボクは……この会の活動だけが生き甲斐《がい》だったのに。ボクを一人にしないで！」

残されたセーラー服男は、これまでの威勢の良さは何処へやら、オンオン泣き始めた。

周囲は当然ながら冷ややかで、誰ひとり、一片の同情もしない。

完全にアウェーの環境の中、ひとしきり泣いたこの男も、ついに無視されることに耐えられなくなったのか、コソコソと車両を出ていった。

「さて……」

黒田は、名探偵がまとめにはいったような口調で言い、一歩前に出た。

「お客さんらにはホンマ、ご迷惑をお掛けしました。申し訳ありまへん。深～くお詫びいたします」

黒田はデカいカラダを四五度、いやほとんど九〇度の角度に折り曲げて頭を下げた。それを見て、おれたち三人も同じように頭を下げた。

「ホンマに、みなさんには多大なご不快と恐怖を味合わせてしもうて……」

「でも、一件落着したし」

お客のひとりがおずおずと言った。

「あの人たちも成敗されたというか……完敗した感じで逃げていったし……」

「エロジジイがボコボコにされたのを見たらスカッとしたわ。まさに『溜飲《りゅういん》が下がった』ってやつね！」

その言葉に、他の女性客も頷いた。

「ほたら……みなさんは、この件を許してくれはる、ちゅうことでよろしいか？」

黒田の念押しに、女性客は全員、頷いた。

「それと、あの男性を連続投げしてボコボコにした彼女ですけど」

じゅん子さんもキビキビした口調で言った。

「彼女は何もしなかった、ということにして戴《いただ》けますか？　一応、正当防衛ではあるんですけど……」

このお願いにも、女性客一同は頷いた。

「それとね、この車両にもプラットフォームにも監視カメラが付いてるんだけど、何故か、な～んにも映ってないんだよね」

あや子さんが言った。

「え？　それって、ホントに『映ってなかった』のか、それとも『映ってないことにする』のか……どっちなんです？」

理解できないおれが訊くと、あや子さんは「だから本当に何も映ってないんだってば。仕方ないじゃん」と答えた。

一体、どんな手を使ったものか。

「要するに、なんにもなかったってことなんだけど、飯倉くん、なんか文句ある？」

あや子さんに詰問されて、おれはぶんぶんと首を横に振った。

「いや、ないっす。まったく何もなかった、それでいいっす」

時計を見ると、発車予定時刻から既に一時間が経過している。その時、スピーカーのスイッチが入り、ようやくお詫びの車内アナウンスが流れてきた。

『えー車両故障がございまして、当列車「臨時特別寝台特急スペシャルあけぼの☆安心の一両まるごと女性専用車両連結」は発車時刻を大幅に過ぎております。お客様にはご迷惑をお掛けし、誠に申し訳ありません。ただ今、対応が完了しましたので、定刻より、約六十五分遅れましたが、まもなく発車致します。お見送りの方は列車をお降り願います』

「どうも、お待たせして申し訳おまへん。ワシらも万が一を考えて、終着の青森までお供致しまっさ。途中駅でまた、ああいう連中が乗り込んできても撃退しまっさかい、安心しとくなはれ」

黒田が宣言するのを待っていたかのように、警笛が鳴ってガクンと振動があり、列車はゆっくりと動き始めた。

*

旅は終わり、おれたちは東京に無事、戻った。

例の三人衆からは、なんの音沙汰もない。

「この件はこれにて一件落着や。それでええやろ?」

事務所で黒田が言った。

「まあ、いいんじゃないでしょうか」

じゅん子さんも同意した。

「あの三人組はストーキング目的の首謀者に煽動《せんどう》されていたような感じではあったけど、あの三人とは別に、一応、憲法に保障された権利を守るという建前のもとに活動している、類似の団体はあるのね。彼らは『任意確認乗車』と言っているのだけれど」

「なんすかそれは？」

初めて聞く言葉なので、おれは質問した。

「彼らの主張としては、やはり、女性専用車両とは言っても法的な根拠がない以上、誰でも女性専用車両には乗れる。従って女性専用車両に男性が乗る、乗らないは任意である。自分たちはその原則を確認するためにあえて乗車している、という言い分なのね。それを彼らは『任意確認乗車』と称しているのよ」

「はぁ、面倒くさいっすね」

理屈のための理屈としか思えない。

「だから、女性の側も、仮にそういう人がいても見て見ぬふりをして、ああこの人たちは公共の場からは誰も排除されないという、いわば憲法上の平等を私たちのために確認してくれているんだなあ、くらいの気持ちで対応すれば良いと思うわけ。そうすれば特に問題は起きないと思うし。生あたたかく見ていれば、そういう人たちもいずれ飽きてやめるでしょう」

「けど、女性専用車両にあえて乗ってくる人たちって、最初から騒ぎにしてやろうって魂胆がありますよね？　この前の地下鉄でも、善意から注意した人に喧嘩《けんか》を売ったり、おれの動画を撮影したりしたんだし」

「だからそういうのは論外よ。騒ぎにする意図がハッキリある場合はね」

「けどね、一番気の毒なのは駅員さんと車掌さんだと思うよ」

あや子さんが言った。あや子さんは優しい。

そうね、とじゅん子さんが応じた。

「一番気の毒なのは、たしかに、揉めるたびに矢面に立たされる人たちよね。鉄道会社が、各社の規則に女性専用車両についての規定をきちんと明文化しておけば、車掌さんたちだって降りてください、って強く言えるのに」

「ホントそれ。会社ズルくない？　現場の車掌さんたちばかりに面倒を押し付けちゃって」

あや子さんが憤った。

「あの人たちって理屈で攻めてくるんだから、理屈でやり返せるようにしなきゃダメじゃん」

いやそら違うで、と黒田が口を挟んだ。

「何度も言うてるけど、隙間に商機ありや。世の中にはこういう、どっち付かずなコトが山ほどある。そこを突いて商売にするんがヤクザや。いや、ワシらはヤクザと違うけどな」

黒田は一応否定してから続けた。

「鉄道会社の連中の腰が引けてハッキリさせんからこそ、ワシらに出番があるんや！　ワシらにこうして仕事が回ってくるんやないかい。何もかもがキチンとしとって、まるで犯罪がないかのように言われる北欧でもセクハラがあって、ノーベル賞の選考委員がクビになるようなアホな事が起こる。いわんや日本においてをや。それでええやんか」

黒田の言葉に、あや子さんもじゅん子さんも一応は納得したようだ。

いや、おれは全然納得しないけど。

だってそういう仕事は、いや、正確には、仕事上発生するすべての矛盾と理不尽とシワ寄せは、という意味だが、そういうモノが結局、全部おれに回ってきて、最終的におれが死ぬ思いをすることになるんだから……。

# 第五話　決死の高原ガイド

「あ〜空気が美味《お い》しいなあ！」

おれは秋の高原の、澄み切った空気を思い切り吸い込んだ。

「空気って、こんなに美味しいもんだったんスね！」

東京からはるばるオンボロ車でやってきたおれたちブラックフィールド探偵社の面々は、目の前に広がる雄大な山々と高原の景観に、感嘆の声をあげた。木々がさまざまに色づき、民家の庭先には熟した柿が色鮮やかに鈴なりになっている。

じゅん子《こ》さんも言った。

「まさに『大気清澄にして微塵《みじん》とどめず』ですね」

「ホントね！」

あや子《こ》さんも素直に感動している。

「空気がマジ出来たてって感じで、ホント、新鮮！」

あや子さんがうっとりしているのを横目で見た黒田《くろだ》が、何故《なぜ》かおれに食いついた。

「ほたら飯倉《いいくら》。お前は、空気吸うとったらメシは要らんちゅうことか？　安上がりでエエやないか。お前はメシ抜きや！」

例によって、意味不明の言いがかりだ。もしかして社長はおれにムチャを言って構って欲しいのかも。

「とにかく依頼を受けたんですから、仕事を始めましょう」

冷静沈着なじゅん子さんの命令一下、おれたちは、ブラックフィールド探偵社の出張所開設の準備を始めた。

旅行に関する一連の仕事も区切りがつき、おれたちは突然ヒマになってしまった。日銭が入らないとオマンマの食い上げになる。それを恐れた黒田がモーレツな営業をかけて「ハイキングやトレッキングのガイド」の仕事を取ってきたのだ。

ここ、長野県にある志葉《しば》高原は、冬はスキーで有名だが、夏はハイカーに人気がある。

小高い丘の合間に点在する湖。湿原を流れるせせらぎ。高山植物に、そして深い森。

そんな豊かな自然を楽しめる遊歩道や木道が整備されているし、ガイドマップも用意されている。そして、地元に詳しいガイドさんもいる。

なのに、よそ者で、しかも山歩きにはど素人《しろうと》な我々に、なぜガイドの仕事が回ってきたんだろう?

物事にはウラがある。社長が取ってきた仕事でウラがないことは今までなかった。

今回はどんなウラがあるんだろう?

おれは怯《おび》えつつも、どこかワクワクしていた。この探偵社に長くいると、こんなふうに感覚がおかしくなっていくのかもしれない。

我々の現地出張所は『志葉高原観光案内所』の隣にある、今は使われていない倉庫の中に設置されていた。そこを観光協会の人が大掃除して、電話も引いてくれている。

「実は……この辺にはクマが出るのです」

我々が部屋に入るなり、観光協会の会長さんが口を開いた。

「今年の春、雪解け早々に山菜採りのハイカーが神室山《かむろやま》でクマにやられまして。その翌月には、やはり神室山で渓流釣りをしていた地元民が。その次は、神室山のハイキングコースで写真を撮っていた、やはり地元の写真家さんが。先週などは、朝、すぐそこの道をクマが歩いていたんですよ」

会長は扉の外を指差した。

「まともに遭遇したのはこの三人ですが、そのほか引っかかれて軽傷を負ったとか、追いかけられて辛くも逃げおおせたという話が次々に出ていて……被害は五十件を下らないだろうと……場所はほぼ神室山近辺です」

我々は思わず顔を見合わせた。

「しかし、プロのガイドさんが付いていれば」

「そのプロのガイドが怖がって、山に入ろうとせんのです。出没の噂《うわさ》が多すぎることもありますが、今年のクマはどうも様子が違うと言って。さらにありえないほど巨大な、しかも子連れの雌グマの目撃情報もあります」

これは最悪の組み合わせだ、と会長さんは力説した。

「ただでさえ子連れの雌は気が立っていて攻撃的になります。しかも問題の個体は、雌としては前例のないほどの巨体の持ち主なので、最高レベルの警戒が必要です。我々はこの個体を『スーパーF』と呼んでいますが……」

Fはフィーメイル（雌）の意味なのだそうだ。

「つまり今年のクマは今までとは様子が違う、考えられんほどヤバい、ちゅうことや。そこで、我々の出番となるわけやんか」

黒田が、おれの不安をねじ伏せるように大声で言った。

これが、ウラか。

社長はそういうことをすべて承知の上で、この仕事を取ってきた訳か……。

「誰も引き受けんからこそ、ウチに商機がある！　それはこの前の痴漢電車騒ぎでよう判《わか》ったやろ」

「痴漢電車騒ぎではなく、『女性専用車両に無理やり乗り込んだ男性たちが起こした騒ぎ』です」

じゅん子さんが訂正するのに構わず、観光協会の会長が続けた。

「それで、あなた方にハイキングのガイドとクマ撃退の露払いをして戴《いただ》きたいのです。今は秋の観光シーズンですから、我々観光地にとってはかき入れ時。同時に、クマにとっても、冬眠前に餌を求めて徘徊《はいかい》するピークでもあるのです。しかし、クマが出るからと言ってハイキングコースを閉鎖する訳にはいきません！」

「なんだか……あの映画みたいじゃないっすか。ほら、サメ退治をする……あの有名な」

ついついおれは言ってしまった。

「サメ退治のプロを市長が頼む、あの映画」

問題の市長は観光客に知られまいとして巨大ザメの出現を隠蔽し、事態をとことん悪化させてしまうのだが、さすがにそれは指摘できない。

だが幸か不幸か観光協会の会長さんには、おれの言いたいことは伝わらなかったようだ。

「まさにその通りです。だから我々は信頼できるプロの方たちに頼むことにしたのです。聞くところによるとブラックフィールド探偵社のみなさんは、アメリカはロッキー山脈で、グリズリーと格闘して勝ったことさえある、つまりクマ退治の猛者《もさ》ばかりであると」

うちの社長は一体どんな営業をしたんだろう？　だが黒田は少しも悪びれない。

「いかにも。我々はアメリカのみならず、シベリアの大地でシロクマとも格闘してきました」

息をするようにウソを垂れ流す我が社長に、観光協会の会長はすがるような表情で言った。

「クマを退治してくれとは言いません。主として九つの法律によって野生動物たるクマは保護されています。人間を襲ったからと言って勝手に殺してはいかんのです。なので、とにかく、クマからハイカーを守って欲しいんです」

これは過去一ヵ月間の出没情報をプロットしたものです、と「クマ出没マップ（部外秘）」をデスクに置いた会長は念を押すように「お願いしますね」と言い残して帰っていった。

「さあ、ほたらわしらもクマについてお勉強しよか」

会長の姿が見えなくなった途端、黒田はカバンから本を山ほど取り出した。クマの生態に関する専門書か、と思ったら、子供向けに優しく書かれた図鑑が大半だった。

「お前らのアタマなら、子供向けの本の方がええやろと思てな。あ、じゅん子は別やで」

そう言われたじゅん子さんは、一番難しそうな本を手に取ってパラパラとページを捲《めく》って読み上げ始めた。

「クマは本来は慎重で臆病な生きもの。山の奥でひっそりと暮らしています。日本国内には、北海道に生息するヒグマ（亜種としてのエゾヒグマ）と、本州以南に生息するツキノワグマ（亜種としてのニホンツキノワグマ）の二種類のクマがいて、日本の半分の面積には、クマが生息しています……まあ、この程度は常識ですね」

このあたりに居るのはツキノワグマですが、とじゅん子さんは続けた。

「九州のツキノワグマはおそらくすでに絶滅。そのほかの分布はブナや、ミズナラに代表されるブナ科の落葉広葉樹林、ただし紀伊《きい》半島では照葉樹林の分布と重なっています」

「そういうことはええから、もっと肝心なところを読んでんか。どのくらいの大きさで、何を食うてるねん、テキは？」

黒田がリクエストした。

「サイズは、平均的な個体で、頭胴長、つまり頭の先からお尻までですね、が百十～百三十センチ、体重はオスが八十キロ程度、メスが五十キロ程度。個体差や季節の変動が大きく、小さい場合は約四十キロ、最大では、約百三十キロだそうです」

「百三十キロは難儀やわ。何を食うてるねん」

「主食は植物ですね」

人食いグマのイメージに怯えていたおれとしては意外だ。

「ツキノワグマは雑食性です。主にいろいろな植物の新芽や若葉、ブナ類の実やナラ類の実、つまりドングリですね、そういうものを食べるそうです。ほかにも花や実をつける植物、そしてアリやハチやサワガニなども」

春は新芽と若葉、夏はさくらんぼう、秋はドングリを食べている、というじゅん子さんにおれは言った。

「平和な生き物じゃないっすか。くまのプーさんみたいなイメージっすよね」

「甘く見てはだめよ、飯倉くん」

じゅん子さんは厳しい表情だ。

「魚や動物の死骸を見つければ食べるし、シカの死骸を食べているところも観察されているそうよ。ツキノワグマは生きたシカを襲わないとされていたけど、襲った例もあるって、ほら、ここに書いてある」

「せやから、人間も襲うんやな」

「とりあえず積極的に向こうから襲ってくることはないかもしれないけれど、油断はできない、それを頭に入れておいて」

ということで、じゅん子さんのレクチャーはひとまず終わった。

おれたちは、この近くにある、冬だけ営業する小さな宿に住むことになっている。

今日は店開きの準備だけにして、早々に宿に行こうと思っているところに、一人の若い女の子が入ってきた。ジーンズにTシャツ、ウィンドブレーカーにリュックという軽装だ。

まだ女子高校生かと思えた彼女は、しかし、大学生の芦田麻未《あしだまみ》です、と名乗った。

スッキリした笑顔が眩《まぶ》しい、健康的な美少女だ。

「あの、ここでトレッキングのガイドをお願いできるんですか?」

「ハイハイ。左様でございます」

番頭さんのように揉《も》み手《で》をしながら黒田が前に出た。美少女には愛想が良い。

「神室山に行きたいんですけど」

芦田さんは壁に貼ったばかりの「志葉高原ハイキングマップ」の一点を指差した。

おれたちは顔を見合わせた。

よりにもよって、最も危険なクマ出没ポイントではないか。会長さんが話していた、この春から夏にかけての人身被害はすべて神室山に集中している。

しかも、それだけではない。

おれと黒田は「部外秘クマ出没マップ」を反射的に参照してしまった。神室山は、山というよりは丘だ。人気のハイキングコースがあるのだが……出没マップには赤い星印が十個ほどもスタンプされている。つまり、クマ出没多発ポイントと言うことだ。しかも直近の。

だが黒田は、それについては完スルーだ。

「ハイハイ。そらもう、あんじょうご案内させて戴きまっさ! いつがよろしいやろ?」

「明日の朝、出発したいんですけど」

「よろしおま。この飯倉が、ご案内させて戴きますよって」

クマが出没するハイキングコースに送り込まれるのは、おれだ。

「じゃ、お願いしますね!」

芦田さんは笑顔で帰っていった。

「どうするんですか! クマが出たらおれもお客さんも死にますよ!」

おれは黒田に食ってかかった。

「せめてコースを下見して、クマの痕跡を目視して、それから仕事を受けるべきでしょ? おれたちはど素人っすよ!」

「しゃあないやろ。客が来てしもたんやし」

黒田は爪楊枝《つまようじ》で歯をシーシーしながら言った。

「それに、そないに頻繁にクマが出とるなら、犠牲者が死屍累々《ししるいるい》になってるはずや。けど実際に被害を受けた人らは、まだ三人だけやろが?」

「けど目撃情報を合わせると五十件以上と言ってたじゃないっすか!」

「ンなもんは噂や。クマが怖い怖い思てると、岩でも木でも、何でもクマに見えてまうんや」

「大丈夫だよ飯倉くん。秘密兵器がいっぱいあるから！」

楽観的なあや子さんは、観光協会から届いた段ボール箱をあけている。

「ほら、クマよけがこんなにたくさん」

そう言いながらいろんなものを取り出した。

「クマよけの鈴に拍子木、拡声器、爆竹、と……あ、これはラジオね。大きな音で聴きながら山に入るのも効果的って、メモが添えられているよ」

そう言いながらあや子さんはラジオのスイッチを入れ、音量のダイヤルを目一杯回した。ボリュームマックスで流れ出したのは、国会中継だった。

『あのですね、わたくしはあくまでも、誠実に、丁寧に、みなさんのご質問にお答えしているわけでありまして……ちょ、ちょっと、静かにしてください！　野次はやめてください！』

台無しだ。せっかく高原の林で野鳥の声や風のささやき、せせらぎの音で癒されると思っていたのに……。

＊

翌日。

朝九時にガイド事務所前に全員が集合した。

最初のお客さんである女子大生、芦田麻未さんもほどなくやってきた。彼女をガイドするのはおれとじゅん子さんとあや子さんで、社長は店番と称して居残りをするそうだ。

この仕事は、おれたちの実地訓練も兼ねているので、サバイバル知識・クマ知識にとどまらず森羅万象すべてに通じているじゅん子さんを先導に、あや子さんは「クマよけ実務担当」、おれはガイド見習いという格好だ。

バスも走る県道から脇道に入ると、そこはもう、神室山のハイキングコースだ。

じゅん子さんはハイカットで編み上げのお洒落《しゃれ》な登山靴を履き、ポケットがいっぱい付いたベストにハーフパンツと着圧タイツ、頭にはチロルハットが載り、トレッキングポールと称する軽量の杖《つえ》まで持っている。何処《どこ》の高山に登頂するんですかという完全装備だ。オマケにＧＰＳに衛星電話とその予備バッテリー（ソーラー充電器付き）まで準備しているではないか。

「こういうこともあろうかと……という局面が必ずあるから。いっそ狩猟免許を取って、ライフル銃も買おうかと思ったほどよ」

じゅん子さんは、この装備を全部、自腹で揃《そろ》えたらしい。

それに対してあや子さんは、「山を舐《な》めるな！」と叱り飛ばされそうな超軽装備だ。ボディラインに密着したTシャツに、脚が根元まで丸出しの超極小ホットパンツ、底こそゴムで、ギザギザの滑り止め仕様になってはいるが、踵《かかと》が高くなっているウェッジソールの靴を履いている。

「大丈夫っすか、その足元で？　足を挫《くじ》くんじゃないっすか？」

「大丈夫。あたしはこういう靴の方が履き慣れてるから。カカトが低い靴だと、ずっこけちゃうのよ！」

こんなに薄着なのはどうせ汗をかくから、ナマ足も超強力虫よけをスプレーしているから大丈夫、なのだそうだ。

肩をすくめるじゅん子さんを尻目に、あや子さんはお尻をプリプリさせて歩き出した。男はおれ一人なんだから、そんなサービス不要なのに……。

鬱蒼《うっそう》と茂る森の中に道は分け入ってゆき、しばらく歩くとエメラルド色の池が出現した。

「うわ！　キレイっすね！」

池のほとりには、今は誰も住んでいないように見える民家がある。庭にはイガがついたままの栗《くり》の実が多数落ちていて、たわわに実った柿の木も数本植えられている。青空に映えるオレンジ色の柿は、よく熟していて美味しそうだ。

「まずいわね……これは」

じゅん子さんが呟《つぶや》いた。

「えっ？　何がっすか？」

意味が判らないおれに、じゅん子さんが説明してくれた。

「放置された柿の実と栗の木が、クマを引き寄せてしまうのよ。柿も栗も、実がなったらきちんと収穫しないと」

しかし誰も住んでいないのでは仕方がない。

ジジババになると、こんな山の中では暮らしにくいし、若い人は仕事を求めて山を離れてしまうだろうし……。

「クマは人間を恐れるから、人がいるところには近づかないものだけれど、こうして過疎になって人がいなくなるとね……。柿や栗だけじゃなくて、使われなくなった炭焼き小屋も危ないの。炭焼き用の木材として利用されるコナラやクヌギが近くにあるでしょう？　要するにドングリよね。ツキノワグマの大好物だから、廃屋と並んで、クマの格好の餌場になってしまったりするの」

「けど、ここの柿をクマが食べた形跡は全然、ないっすけど？」

廃屋の柿はたわわに実り、既に多数が地面に落ちて潰れている。もったいない。

「今年はドングリが豊作なのじゃないかしら？　大好物のドングリがあれば、クマは柿なんかには見向きもしないのよ」

にわかには信じられないが、じゅん子さんの言うことだから本当なのだろう。

「知ってる！　クマが山を下りるのはお腹《なか》が空《す》いた時だよね？　ほら、あの『腹が減りゃあ、クマだって山を下りるだ』……って言う」

あや子さんが何かのセリフを引用し、じゅん子さんがコメントする。

「そうね。普通、秋は山にドングリが生《な》るからクマは人里には下りてこないものだけど、クマの数が多くて大量出没する年もあって……今年はそれかしらね？」

ツキノワグマの主な餌のブナ類やナラ類、要するにドングリの生る木は三種類くらいあるのだが、凶作になる時はなぜか一斉に凶作になってしまうのだとじゅん子さんは言い、しかし柿が残っているところを見ると、ドングリが凶作とも思えず、クマが多数目撃されている理由が判らないと首を傾《かし》げた。

「最近のクマは人間と接触しないから、逆に人間を恐れなくなってきてるとも言うけれど」

「じゅん子さんはなんでも知ってるんだね！」

皮肉ではなく素直に感嘆するあや子さんにじゅん子さんはニッコリ笑った。

「それほどでも。ツキノワについてはニワカ仕込みで調べただけだから。グリズリーならそこそこ詳しいけれど。ほら、私はコロラドで森林ガイドをしたことがあるから」

黒田が言う「ロッキー山脈でクマを倒した」云々《うんぬん》も、あながちホラではなかったのか！　それにしても、じゅん子さんは一体、幾つの職歴を持ってるんだ？

「要するにやっぱヤバそう、クマが出そうってコトね」

そう言ったあや子さんは、お洒落なリュックからおもちゃのラッパを取り出して、パフーパフーと吹きだした。

クマよけにはなるかもしれないけど、滅茶苦茶うるさくて高原の静寂が台無しだ。

「こっちのほうがいいか」

あや子さんは、今度は金属パイプを二本取り出して、カンカンと打ち鳴らす。

しかしこれも充分に耳障りだ。うるさくなければクマの耳にも届かないとは言え。

「あの……やっぱり、普通に鈴の音の方がいいんじゃないでしょうか？」

お客の芦田さんがおずおずと言ったので、我々もそれに従うことにした。

「そうなんじゃないかとは思ったんだけど」

あや子さんはリンリンシャンシャンと澄んだ音で鳴る鈴をみんなに配って、歩き出した。

これなら邪魔にはならない。そして高原の自然は素晴らしい。おれはこれまで山歩きやハイキングに興味はなかったんだけど、色とりどりの紅葉と、それを映す池や湖の美しさにすっかり心を奪われてしまった。

しかし林道沿いには金属のパイプがところどころ、木からぶら下がっている。

「あれもクマよけね。クマが出て来ないように、カンカン鳴らしながら進むの」

そういうじゅん子さんに、おれは訊《き》いた。

「けど、クマが出てきてからあれを鳴らしても、もう遅いっすよね？」

「そうね。逃げていくかもしれないけれど、逆にクマのスイッチが入って、アウトになってしまうかも」

「やだよ。怖いよ。虎とかライオンなら急所を一撃されて即死だからまだいいけど、クマって適当に、目についたところから食べていくんでしょ？　シベリアで足から食べられて行く実況を、母親に電話で知らせた人がいたじゃん？」

あや子さんはじゅん子さんとは違う角度で物知りだ。しかし、お客の芦田さんの顔はどんどん青ざめていく。

「あの……もうそろそろ戻りませんか？」

震え声で芦田さんが言った。

「え？　いいんですか？　このコース、まだ歩き始めたばかりじゃないっすか？」

「あの、私、足が痛くなったんで……ごめんなさい！」

芦田さんはいきなり身を翻し、飛ぶような駆け足で来た道を戻って行ってしまった。追いつくのもやっとのスピードだ。え？　なんで？　足が痛いのに？

「喜べ！　お前らが山に入ってる間に、世界最強のクマよけスプレーをゲットしといたったぞ！」

事務所に帰ると、黒田が満面の笑顔で中型のスプレー缶を取り出した。

「これは世界でもっとも強力な催涙スプレー、『ポリスマグナム』や。国公立機関、および地方自治体の正式採用品で、しかもツキノワグマ専用や。ホルスター付きやから、イザという時さっと出してプシューや！　飛距離は無風で五メートル。消火器みたように大量噴射するんやで。どや！」

「頼もしいっすね！　有り難うございます」

「礼には及ばん。一本たったの七一六〇円や」

黒田が手を出したので、おれはその手を、感謝の気持ちを込めて強く握った。

「なに握手しとんねん。はよ金出せや」

「は？　これは仕事で使うんすよね？　ガイドの仕事のための、クマよけスプレーですよね？」

「そうや」

黒田はお前は何を言っているのだ、という表情になった。

「仕事で使うけどもや。使うんはお前。お前の身を守るために、お前が使うんや。せやからお前が金出して買え、言うとんねん」

「そんな無茶な！」

またしても繰り出されるブラックな罠《わな》に、おれは悲鳴をあげた。

「ほたら何か？　お前は仕事で使うちゅう理由で靴やパンツやカバンとか、そういうンも経費として会社が持て、言うのんか？」

社長の難癖というか屁理屈《へりくつ》にはもう慣れたが、薄給なおれから更にカネをせびり取ろうとするのは如何《いかが》なものか。

「買ってもクマが出なければ無駄な出費になります。使った分だけ払うってのはどうすか？」

見事に切り返した……つもりだった。

「理屈を捏《こ》ねるな！　そこまで言うなら、お前には使わしてやらん。じゅん子に渡す。お前はクマに食われて死んでまえ！」

このドアホが！　と黒田はキレた。まるでワガママなガキだ。

でも、じゅん子さんからはカネを取らないんっすよね、と言ってやりたいのを我慢して、食事をして風呂に入って、布団に潜り込んだ。

が、黒田はおれの部屋にまでついてきて、布団越しに怒鳴った。

「言うとくが、ウチの開業が評判になって、明日は三班体制や。お前とじゅん子、あや子も出動や。二人にはクマよけスプレーを渡す。お前はナシや！」

言うだけ言うと、出ていった。そこまでしてスプレー代をおれから取りたいのか。

しかし……明日のお客のことを考えると、最強撃退スプレーは、やっぱり必要だ。

おれは起きて、黒田の部屋を訪ねた。

「何の用や?」

と言いながら扉を開けた黒田の背後には、段ボールが山積みされていた。中身は最強スプレーに間違いないだろう。山ほど仕入れてしまったものだから、何としてもおれに売りつけて、一本でも捌《さば》きたいのだ。

「そのスプレー、ください」

「まいどおおきに！　最初からそう素直に言うとけば良かったんや！」

黒田は満足の笑みを浮かべると力強くおれをハグし、肩をバシバシと叩《たた》いた。

＊

翌朝。

おれは昨日に引き続き、芦田麻未さんを案内することになった。

「足、もう大丈夫なんですか？」

痛いと言いながら全力で走ったので、足の具合が悪化してはいないだろうか。

「あ、大丈夫です。昨日はちょっと、取り乱してしまったみたいで」

ホントはクマが怖かったんでしょとは指摘せずにおく。

「今日は、地球上で最も強力だと言われる、クマ用催涙スプレーを用意しています。まったく心配は要りませんから」

「あ！　そうなんですか。わざわざ私のために、有り難うございます！」

芦田さんは素直に喜んでくれた。

今日のコースも、神室山へ向かう。

じゅん子さんは、健脚自慢のジジババのグループ五人を引率して平群山《へぐりやま》を登るという。ガイドブックによると、これはロッククライミング的な技術も要求される、難関コースらしい。

お年寄りたちは丁寧に挨拶をして「もしものことがあったら迷わず、私ら老いぼれのことは見捨てて逃げてくだされ」などと言って、じゅん子さんを困らせて笑っている。自虐というより意地の悪い老人たちか。

あや子さんたちは、間地利湖《まじりこ》で水遊びとヒメマス釣りを楽しむらしい。お客さんはアイドル・オタクの三人組で、水鉄砲などを用意している。それを使ってあや子さんの着衣を濡《ぬ》らしてしまおうという魂胆がミエミエだ。オタクの面々はあや子さんのナイスバディに目がクギ付けで、「凄《すご》いおっぱいですね」などと話しかけ、あや子さんも「あはは、ありがとう。揉みがいがあるよ?」などと挑発的な事を言っている。

二日目でいきなり三班体制は無謀だが、お客さんが来てしまった以上、やるしかない。「では皆の衆、あんじょう仕事するんやで！」

社長は事務所前で三班を送り出した。

おれと芦田さんは、昨日歩いた道を黙々とたどった。

しかし、黙って歩くのもなんだか不自然だ。あや子さんのグループの、華やいだ声が遠くから聞こえてくるだけに尚更《なおさら》そう思う。だが、芦田さんがとても可愛《かわい》くて美人なだけに、おれは何をどう話しかけていいものか、余計に判らなくなった。何を話しかけてもおれの、「このひとに好かれたい」という下心が溢《あふ》れ出て、セクハラ認定されてしまいそうだ。

内心パニックになりながら歩いているうちに、昨日引き返したポイントを過ぎた。

昨日あれほど怖がったクマについては、もう大丈夫なんだろうか？

おれは、それを話題にしてみた。

「あ、大丈夫です。だって、強力クマキラーがあるんでしょう？」

「いやあのスプレーは殺虫剤じゃないので噴射してもクマは死にませんよ」

「そうなんですか。死なないんですね。でも一応武器はあるわけだし……それに、今日は絶対行かなければならない理由があるんです」

芦田さんは意を決したような目をしている。

え？　それはどういう理由なんすか、とおれは聞こうとして、止《や》めた。プライベートに踏み込むのはよくない。

てなことを考えれば考えるほど、ますます喋《しゃべ》れなくなる。接客業失格だ。

やがて森が深くなってきた。それにつれて野鳥や虫の声が大きくなり、あや子さんとオタク三人組の嬌声《きょうせい》も、いつの間にか聞こえなくなっていた。人里を離れた感が凄くする。

やがて……芦田さんが足を止めた。

「あの、ガイドさんはここでいいです」

「は？」

ここでテントを張って野宿するのだろうか？

「ここからは自分で行けますから、大丈夫です」

「ここからは、ってどこに行くんですか？」

思わず訊いてしまったが、芦田さんには「それは、言いたくありません」と拒絶されてしまった。

「いやしかし、昨日はあれほどクマを怖がってたじゃないですか。ここから先だって危ないんですよ。極秘のクマ出没マップにも、この辺は厳重警戒区域と書かれてます」

おれは例のマップのコピーを見せた。しかし芦田さんはニッコリ笑って首を横に振った。

「大丈夫です。実は、以前にも来たことがあるんです。ここから先の道すじを思い出しましたから」

彼女はそう言うやいなや、ハイキングコースから分岐する脇道に向かって、いきなり走り出してしまった。

「いやあの、危ないッスから！　マジで！」

おれは慌てて後を追ったが、細い脇道は草深くて、たどることもままならない。いつの間にか道を見失い、おれは藪《やぶ》の中をもがくように進んでいた。

「芦田さん！　危険です！　芦田さん！」

必死に呼びかけながら追いすがろうとしたが、そこでぐい、と足を取られた。地中から伸びてきた手につかまれた!?　……わけではなく、蔓《つる》のようなものに足を引っかけたおれは不様に草むらの中に倒れ込んでしまった。

慌てて起き上がろうとすると、また草に足を取られる。まるで草むらで溺れているような格好になったおれが焦って手当たりしだいに周りの草を摑《つか》むと、その葉っぱがまた刃物のように鋭い。何かが目に入って痛い、と思ったら、それは汗ではなくて血だった。手や腕だけではなく、顔までを切ってしまった。

ほうほうのテイでなんとか「草地獄」から脱出したおれは、ようやく元の道らしきところにたどり着いた。

「芦田さ〜ん！」

やっぱり返事はなかった。

どうしよう？　おれは途方に暮れた。「大丈夫です！」となぜか自信ありげな顔で言い切った彼女の顔を思い出しても不安しかない。

仕方なく一人で引き返すことにした。とりあえず事務所に戻ってみんなに相談しよう。

だが少し歩いたところで草むらから、ガサガサと音がした。

「！」

まさか……いや、そんな……。

一瞬フリーズしたおれは、おそるおそる振り返り、そして見てしまった。

草むらの中の、巨大な、黒い物体を。

恐怖が、実体化した瞬間だった。

クマに出会ったときはまず睨《にら》みつけ、両手をバンザイするように頭上にあげ、自分を大きく見せながら、ゆっくりと後退すべし、とじゅん子さんからは教わったが、とてもそんな余裕はない。

気がついたら一目散にダッシュしていた。全力で、これまでこんなに走ったことがないほどの速力で、ウサイン・ボルトに勝てるんじゃないかと思うほどの爆発的な加速力で、さらにマラソンでも優勝できそうと思うほど長い距離を走りに走って、恐怖の山道から遠ざかった。


「くっクマが出たっすよ！」

「マジで？　見間違いじゃないの？」

息も絶え絶えに事務所に戻ると、あや子さんが黒い子犬を抱っこしていた。

「このコ、可愛いでしょ？　山道で拾ったんだ」

あや子さんは髪が濡れて、朝とは違うTシャツを着ている。

「あの連中が調子に乗って水鉄砲であたしをずぶ濡れにしたからアタマ来て、全員を池に落としてやったんだけど、みんな泳げないって溺れ始めて。仕方なく救助してあげたら怒って帰っちゃった」

「まあそれは正当防衛ですねえ」

と、おれは適当な返事をしたが、「そうだよ。どうせガイド料は前金でもらってるし」と呑気《のんき》に答えるあや子さんと、つぶらな瞳でおれを見つめる子犬を眺めているうちに、ようやく落ち着いてきた。

そこに芦田さんから携帯でメッセージがあり、『無事に目的地に到着しました。ありがとう』と知らされたものだから、余計に気が抜けてしまった。

あや子さんは、もふもふの、黒いぬいぐるみのような子犬を、ぎゅっと抱きしめている。

「帰り道にこの子がウロウロしてて……人懐っこい子だから、きっと捨てられたのよ。可哀想《かわいそう》だから連れてきちゃった」

こんな可愛い子を捨てるなんて鬼だ悪魔だ！　とあや子さんは怒っている。

「飼い犬を山に捨てるなんて！　餌の捕り方を知らないから飢え死にしちゃうじゃない！」

子犬はあや子さんが用意した哺乳瓶を両手で抱え、ミルクをゴクゴクと飲んでいる。

ほどなく満腹になったようで、あや子さんが放してやると、事務椅子からクッションを引きずりおろし、両手の爪を立てたり、囓《かじ》ったりして遊び始めた。コロコロして、とても愛くるしい。まさに動くぬいぐるみだ。遊んでいてもあや子さんやおれが手を延ばすとスリスリと甘えてくる。やがて遊ぶのにも疲れたのか、コロンと転がり、そのままスヤァと寝入ってしまった。特に犬好きとはいえないおれでさえ、胸がキュンとなるほどの愛らしさだ。

動物の子供は可愛いねえ、などと言っていると仕事を終えたじゅん子さんが帰ってきた。

「あら？」

早速じゅん子さんも黒い子犬に目を止めた。

「たぶん狩猟に使う日本犬の子犬ね。持ち主を探したほうがいいかもしれない」

猟犬を山に捨てていくモラルのないハンターもいるから、とじゅん子さんは言った。

「社長はどうしたの？」

「帰ってきたら居なかったの」

店番しないとダメじゃんねえ、とあや子さんが言っていると、そこにほろ酔い機嫌で黒田が帰ってきた。

「開業の挨拶廻《まわ》りやがな。新参者はキチッと挨拶して殊勝にしとかんとアカンのや」

それでまあ一杯という事になって、と言い訳をするのでおれはうんざりした。

「疲れたのでメシ食って寝ます！」

「あたしも」

「明日はきちんと留守番をしてくださいね」

全員が黒田を残して宿に引き上げた。

＊

明くる日。

昨日の芦田さんはどうなっただろうと少し心配しながら、おれは新たなお客さんのガイドについた。こんな素人ガイドに引率されるお客さんは気の毒だとは思いつつ、それでも一夜漬けで覚えたこの辺りの地形とか歴史とか、遠くに見える山々の名前そのほかの知識を披露して、なんとか格好は付いた。有り難いことに、クマも出て来ないし……。

そのお客さんのガイドを終えたおれは、やっぱり芦田さんのことが気になった。芦田さんの「目的地」ってどこなのだろう？

クマは怖いのだがスプレーもある。おれは一人で、昨日のコースを歩いてみた。時刻はそろそろ夕方。山の陽《ひ》はすぐ落ちて暗くなる。真っ暗になるまでには戻らないと、と思いつつ、芦田さんを見失った山道を探してウロウロしていると……。

「あら、あなた、何かお探しなの？」

おっとりした、育ちの良さそうな女の人に声をかけられた。

服装だけを見れば「農家のおばさん」そのものだ。畑仕事でもしていたのか日焼け防止用の、赤ちゃんの帽子のようなボンネットをかぶり、絣《かすり》柄のモンペのようなカバーオールを着て、今から田植えでもするようなゴム長靴を履いている。

にこやかな笑顔を浮かべたおばさんは農作業の帰りなのだろうか。どことなく都会的な雰囲気もあるので、いわゆるスローライフを求めての移住者ってやつかもしれない。

この辺にあるのは廃屋だけだけど……と思いつつ、そのおばさんがあまりにもにこやかなので、つい、おれも訊いてしまった。

「あの、この辺に畑はあるんですか？」

「ええ、ありますよ。ちょっと脇道に入ったところだから、一般の人には判らないですけどね」

おばさんは気さくに答えてくれた。

「だけど、お一人で畑仕事をしていてクマとか怖くないですか？」

「クマですか？」

おばさんは少しびっくりしたようだが、すぐに笑顔に戻った。

「大丈夫ですよ。そもそもクマの方が先にいたんだし、自然との共存は日本の文化の伝統でしょう？　アタクシは日本古来の精神を大切にしたいの」

なぜここで日本の伝統や精神が出てくる？　おれは面食らったが、おばさんはそういう信念を持っているらしい。

「ここは本当に素晴らしいところよ！　意識を変性させてハイアーセルフというか、より高い存在とつながるためには、持ってこいの場所だわ！」

「はあ……」

だんだんとこのおばさんの言ってることが判らなくなってきたが、この辺の人なら、芦田さんのことも知ってるかもしれない。

「あの、昨日、この辺で若い女性を見ませんでしたか？　ハイキングしに来た女子大生の人が、この辺で『あとは自分で行けるから』って言っていなくなってしまって……」

訊こうとしたとき、後ろから肩を摑まれた。

「おい貴様。夫人に馴《な》れ馴《な》れしくナニを喋っている？　この御方をどなたと心得る！」

振り返ると、ダークスーツにサングラスのブルース・ブラザーズ、いやエージェント・スミス、いや要人警護のＳＰみたいな男が二人、立っていた。胸元が膨らんでいるのは、もしかして拳銃か？　だが頭の中はどうやら助さん角さんだ。今にも「頭が高い！」とか言い出しそうだ。

「貴様、氏素性を言え。住所は？　職業は？　こんなところで何をしている？　この御方をこの国で大変尊い、やんごとなき方だと知っての振る舞いか！」

「まさか皇……」

「無礼者！　それよりもっと位の高い御方だ！　貴様、心得違いにもほどがある！　世が世なら今すぐ手打ち、いや射殺してやるところだ！」

ありえないほど高圧的なこの男たちは、頭からおれを犯罪者扱いだ。

「いやおれはただ世間話というか、このおばさんがこの辺に詳しそうだから色々と」

「こら！　夫人に対してそういう失礼な呼称をするな！　この無礼者が！　貴様非国民か？」

どっちが無礼者だ。だいたいおれは、このおばさんが誰なのか知らないし。

「さあ夫人。こういう、どこの馬の骨とも判らない下々の者と不用意に言葉を交わされてはなりません。また妙な事に利用されて、政権が危うくなります。参りましょう」

農家のおばさんにしか見えないこのヒトは、なんか、とてもエラい人らしい。

「あらそうなの？」などと言いつつ、無礼なＳＰに挟まれて、脇道の奥に歩いて行ってしまった。

一体ナニモノなんだ、あのおばさんは？

「神室山コースね。私も歩いてみたけれど、クマ……いえ、より正確には『クマを思わせる黒い物体』が薮の中に何度か見えた気がするわね。そう言えば」

事務所に帰ってきたじゅん子もそう言った。

「今日はクマの代わりに妙なおばさんと、それから、黒スーツ黒ネクタイにサングラスの二人組に遭いましたけどね」

ジェイクとエルウッドではなかったと思うっすけど、というおれを無視して、じゅん子さんは、「クマ出没マップ」に目を移した。

「飯倉くんと、そして私がクマ、というか『クマのようなもの』を目撃したのは多分、このへんね。池に沿って遊歩道が曲がったところ。手前にもう使われていない炭焼き小屋と、柿の木がなっている廃屋がある少し奥。この辺は……」

じゅん子さんはパソコンを起動させてグーグルの航空写真を表示させた。

「これは何時撮《いつ》ったものか判らないけど、この写真では、何もない原野でしかないわね」

二人で話していると、またしても全身ずぶ濡れになったあや子さんが、黒田社長と一緒に戻ってきた。

「まったく〜。今日のお客もアタシをずぶ濡れにして楽しむヘンタイだったたんだよ！　ウェット&メッシーっていうあれ。女の服に水をぶっかけてスケスケにして喜ぶ連中。ガキかっつうの。濡らすなら女のアソコを濡らさなきゃダメじゃんって」

あや子さんは今日も怒っている。

「そこに運悪くっていうか運良くクロちゃんが来合わせたものだから、もう大変。連中をざんぶざんぶと池に放り込んでの大立ち回り」

なんだか講談調の喋りになっている。

「ホンマにけしからんガキや。これからは、あや子の客は厳選することにした。前もってワシが面接して当落を判定する」

怒りがおさまらない黒田におれは言った。

「だったら社長も一緒について行く方が手っ取り早いのでは？」

「店番は誰がやるねん？　飯倉、お前、もっと考えてから喋れ！　このクソガキが」

おれまでが怒られたが、じゅん子さんが冷静に、クマの目撃情報が現時点では非常に狭い範囲、つまり神室山周辺に限定されていることを話すと、「なるほどなあ」という表情になった。

「そら、きっちり調べた方がええな。そのへんだけにクマが出るっちゅうのんは、絶対、なんかあるで。クマの好物が特別仰山集まっとるのか、クマの巣があるのか、クマを飼っているヤツがいるのか……」

「それは明日、調べてみましょう。今日はもう遅いので……お客さんの予約は、明日はどうなっています？」

じゅん子さんがキビキビと言った。

「一応、二組入っとるけどな」

「キャンセルしてください。今のうちに根本的な対処をしておくべきです！」

じゅん子さんに真剣な口調で言われて、黒田社長は「判ったワ」と答え、電話をし始めた。

＊

翌日。

完全武装した我々ブラックフィールド探偵社の総員は、神室山コースに向かった。

初日に見た同じ場所に、クマが好きそうな柿の木やブナがあり、どんぐりが生っていた。

昨日は人影がなかったが、今日は時間が早いせいか、廃屋にしか見えない家から老女が一人、出てくるのを目撃した。昨日の、農作業ルックながらやたら上品で、

SPまで引き連れた「正体不明のおばさん」とは別人の、ごく普通のおばあさんだ。

「お早うございます」

じゅん子さんが明るい声で話しかけた。

「この辺は本当に素晴らしいところですね！　空気も水も美味しいし」

「暮らしとるモンにはよう判らんが」

老女はぶっきらぼうに答えた。

「冬は寒いし、暮らしやすくはないな」

「ここにお一人なんですか？」

「ああ。子供たちはみんな町に出て行ってしもうた」

ここで会話が途切れてしまった。

なんとかしようと、黒田が喋った。

「しかし、旨《うま》そうな柿ですな！　おばあさんは、食べはらへんのですか？」

「ワタシはあんたのおばあさんじゃない！」

黒田は老女に一喝されてしまった。

「少しは食べるけど、全部は食べ切らん。この柿を楽しみにしているクマもおるしな」

「その事なんですけど」

やっと話の糸口を見つけたじゅん子さんは本題に入った。

「ここにある柿のことですが……このあたりにはクマが出没して危険なんです。柿の木を育てているのがあなただなんて、クマには判らないでしょう？　あなたにも襲いかかってくるかもしれないんですよ」

「あの子らは、そんなことはせんよ」

老女は言い切った。

「親を捨てて家を出ていく親不孝者より、ずーっと可愛い。なんせあの子らは腹を空かせて、ウチの柿を食べに来る。窓から見ていると、それはもう美味しそうに柿を両手で持って、音を立てて食べよる。可愛いもんじゃ」

老女はそう言って目を細めた。

「冬眠に入る前は、少しでもたくさん、食べておかないといかんのじゃ」

「あの……おっしゃることは判るんですけど、実際にクマに襲われる被害も出ておりますし」

「柿の木は切らんよ！　あんたらが何と言おうと、絶対に！」

老女はそう言い放った。

「お気持ちは判ります。クマへのお気持ちはよく判るんですが、この近くに生えているブナやどんぐりと並んで、おたくの柿はクマを呼び寄せてるんです」

「呼び寄せたからなんだと言うんね？　誰が襲われようが、わしゃ知らん。誰もわしのことを気に掛けてはくれんのに、どうしてわしが他人のことを気に掛けねばならんの？　わしは、クマに襲われてもええと思うとるんよ。どうせもうじき死ぬんやし」

「そうおっしゃらないで……」

「おばあちゃん、お願い！」

そこへ、背後から声がかかった。

「あなたがたが噂の柿もぎ隊ですか？」

振り返ると、厳しい顔をした中年男女が五人ほど立っていた。

「まったく血も涙もないですね。クマに餌を与えるな、野生のクマは飢えて死ねと言ってる人たちなんでしょう、あなたがたは？」

「本当にひどい。誰も食べない柿をクマが食べるのが、そんなに許せませんか？」

よく判らないが面倒な人たちのようだ。

「いえいえ、そうではありません」

じゅん子さんが驚いて反論した。

「私たちはただ、クマと上手に、安全に共存したいと思っているだけです」

だが過激な動物愛護団体と思《おぼ》しき人たちは納得しない。

「共存？　なんて傲慢な。そもそもクマのほうが先にこの森に住んでいたんですよ？　後から来た人間が勝手な理屈でクマを追い出したり、ましてや飢え死にさせる権利なんて、一ミリもないのですっ！」

「またエラいのが来てしもうたがな……」

黒田がウンザリした口調で呟いたのが、彼らの耳に入ってしまったようだ。

「ええ、そう言って貰《もら》って結構です。我々はクマの立場でクマを擁護するだけです」

「ほたらアンタらは、クマに食われても本望や、言うことか？」

「それとこれとは話が違う！　問題をスリ替えるな！　そもそもクマは射殺されまくって、九州ではとうとう絶滅してしまったんだぞ！」

可哀想だとは思わないのか？　クマが人を絶滅させたか？　とヒートアップする代表らしき人物に、なぜかあや子さんが同調してしまった。

「ホントそれ。この人の言うとおりだよ。クマさん可哀想。クマさんたちは、お腹が空いたから食べ物を求めて山を下りてくるんでしょ？　だったら、クマさんに食べ物をあげればいいじゃない！　人間が食べ物を運んであげればいいんだよ！」

「そうです。それが我々の主張なんです！」

愛護団体の人たちもそう言ってどんぐりが一杯入った袋を見せた。

「お腹を空かせたクマが人を襲うようになったのですから、どんぐりを贈って、許してもらわないと！」

あや子さんが目を輝かせた。

「あたし、クマにどんぐりをあげるのに協力する！」

「おお！　同志が増えた。では一緒にどんぐりを撒きましょう！」

廃屋の庭先から遊歩道に出たあや子さんは、彼らが持ってきた袋からどんぐりを掬《すく》い上げると、盛大に道に撒き始めた。

「やめなさい！」

この土地の生態系を破壊することになる、とじゅん子さんが止めたのだが、あや子さんは聞く耳を持たない。

「だってクマさん可哀想じゃない！　それともあれ？　生態系なんてよく判らないモノのためにクマさんが飢えてもいいって言うの？」

「そうです！　おっしゃるとおりです。一緒にクマにどんぐりをあげて、飢えないようにしてあげましょう！」

あや子さん＆愛護団体の面々は、餌を撒きながら山道をどんどん奥に行ってしまった。

「大丈夫っスかねえ？」

彼らの後ろ姿を見ておれは心配になった。

「さあね。クマって、餌をあげる人間自体を餌だと認識して食べてしまう、という説もあるくらいだから」

じゅん子さんが肩をすくめる。

「大丈夫や。心配せんでエエ」

黒田だけは泰然自若を決め込んでいる。

「考えてみい。あや子は飽きっぽいし、キツいことが大嫌いや。それに上からモノを言われたらすぐに怒るやろ。じきに腹を立てて帰ってきよるわ」

「クマに襲われる前に帰ってくればいいんですけど」

「それはともかくや」

黒田は、「クマ出没マップ」を凝視した。

「この辺にだけクマが出て、仮にそれがクマではなかった場合、絶対に何かがある。何かが隠されていて、隠したいやつらがおるはずや。草ぼうぼうで、誰《だ》ぁれも入ってこんのをエエコトにして」

黒田はそう言うと、ニンマリした。

「人の目を気にして、秘密にせんといかん何かがある。それは絶対に、確実に儲《もう》かる話や」

黒田はそう言って葉巻に火をつけた。

「社長！　この辺は禁煙っすよ！」

「心配いらんテ」

黒田は携帯灰皿を取り出した。

「その秘密を突き止めるんや。突き止めて、黙っといたる代わりに一口嚙《か》ませて貰う。ボロ儲けでけるで。察するところ、薬物やな」

「一流のヤクザは、ヤクには手を出さないんじゃなかったんですか？」

つい、そう言ってしまったおれを社長は睨みつけた。

「飯倉。お前は二つ間違《まちご》うとる。第一に、ワシらは一流ではない。第二に、わしらはヤクザと違う。カタギの探偵や！」

黒田は真顔で続けた。

「さしあたり、この辺を張る。まずは態勢の立て直しや」

おれたちは一度事務所に戻った。

すると、山道を奥に行ったはずのあや子さんが、なぜか先に戻っていた。黒い子犬を抱いて、一人で待っていた。

「やっぱり帰ってきたか。どないした？　何があった？」

にこやかに社長が訊くと、あや子さんはバツの悪そうな顔になった。

「あたしはさー、クマさんがお腹を空かせて飢え死にするのをなんとかしたいし、お腹を空かせるから人間を襲うんだって思ったんだけど、あの人たちの考え方って、要するにクマを餌付けしようってことみたいなの。サファリパークみたいに」

「クマ牧場みたようにクマに芸をさせるんか」

「そう。そんなのはイルカショーと同じで虐待だって、あたしが言ったら逆に怒られて。どんな活動だってお金を無視しては続けられない、あたしの言うことはお花畑だって。ムカついたから帰って来ちゃった」

「とんでもない人たちね。どんぐりを撒くだけでも非常識なのに」

人間が野生動物に介入しようとするから、ありとあらゆるトラブルが起きるのだと、じゅん子さんも真顔で言った。

「おい、飯倉！　ボーッとしとらんと、準備せんかい！」

黒田にどやされたおれにあや子さんが訊いた。

「あれ？　これからどこかに行くの？」

「悪の秘密基地を見つけるんや。証拠を摑んで一口嚙ませて貰お、思てな」

「あたしも行く！　この子も連れて行く」

だって一人で置いておくの可哀想だもん、とあや子さんは黒い子犬を抱きしめた。


　というわけで、おれたちブラックフィールド探偵社のフルメンバーは、さっきの場所に戻った。もうすっかり陽は落ちて、夜になっている。赤外線の暗視装置を持っている完全装備のじゅん子さんを先頭におれたちは真っ暗な山道を歩いて行った。

　夜の山道はさすがに怖い。クマだけではなく、何か出てきそうだ。まさか山賊は居ないだろうけど魑魅魍魎《ちみもうりょう》が現れそう……と思った、まさにその時。行く手に怪しい光が現れた。

「しゃ、社長！　あ、あんなところに明かりが！」

「見れば判るがな。落ち着かんかい」

黒田はそう言ったが、ワクワクしているのが判る。

「人の気配がしますね」

おれがそう言うと、黒田のデカい手がおれの頭をぴたーんと叩いた。

「明かりが付いとるんやから人の気配がするのは当然やろ！　そもそも火事を見てあれが火事なのは火を見るより明らかとか言うようなモンや。このドアホが！」

「社長！　静かにしてください」

じゅん子さんが冷静に窘《たしな》めた。

「了解。ではこれより目標に向かって匍匐《ほふく》前進や」

そんなの無理ですと女性二人に言われて、おれたちは、しゃがんだまま、じわじわと前進して、謎の光めがけてにじり寄った。

そこで雲が切れ、月の光が洩《も》れてきた。

「うわっ」

目の前に現れたのは、二本の足で立つ、巨大な黒い影……くっクマだ！

腰を抜かしかけたが、月明かりに照らしてよく見ると、それは精巧な着ぐるみだった。

「なんやこれ……こんなもんがなんでここにあるねん？」

「着ぐるみかあ。道理でこの子……クロちゃんが吠《ほ》えなかったわけだ」

あや子さんは黒い子犬にクロちゃんと名付けたらしい。社長もクロちゃんと呼んでいるけど、紛らわしくないいんだろうか？

「怪しいでこれは。ええか。歴史は夜作られる。夢は夜開く。悪事は夜進む。悪事千里を走ると言うやろ？」

「特に夜は関係ないと思いますが」

黒田のデカい手が、またおれの頭を叩いた。

「いちいちうるさいねん」

月明かりで、怪しい光の正体も判った。

昼間、目にした廃屋の、さらに奥のあたりに別の廃屋があり、そこに明かりがついているのだ。

しかし、窓に明かりが灯《とも》り、人の気配がするだけで、それ以外の動きはなかった。

そのまままんじりともしないで監視を続けるうちに、夜が明けてきた。

辺りが明るくなってくると、煙突らしきものから煙が上がり始めるのが見えた。

暖炉でもあるのだろうか。

最初はアサメシでも作っているのかと思ったが、明らかにそういう匂いではない。植物のような、木を燃やしたような、それでいてなんだか甘ったるい、嗅いだことがない匂いがする。

「これって……」

じゅん子さんは何かに気づいたようだ。

「何かを作っているわね」

「せや。読めたで、大体のところは」

朝日に照らされて判ってきたのだが、廃屋……いや、人がいるんだからもう廃屋ではないが、その周りには畑があった。

じゅん子さんが真剣に観察して小さく頷いた。

「これは……大麻ね」

「やっぱりそうか」

細長い、ギザギザの葉っぱの真ん中に、白っぽい花のようなものをつけている、そんな植物がたくさん植えられている。

「ここの連中は大麻を密《ひそ》かに栽培して儲けとる！　こうなったら容赦せんデ」

あれ？　一口嚙ませてもらって儲けるんじゃなかったのか？

なぜか正義感に目覚めたらしい黒田におれが戸惑っていると、突然声をかけられた。

「あんたたち、何をしていなさる？」

「えっ？」

驚いて振り返ると、目の前には年齢不詳の古老が立っていた。灰色の作務衣《さむえ》を着ている。

泰然自若というか、まるで動じていない様子におれは悪い予感がした。大麻の畑を見つけてしまったおれたちは、無事に帰してもらえるのか？

「なにか御用かな？」

「私たち、道に迷ってしまって、このあたりで野宿していたんです」

咄嗟《とっさ》にじゅん子さんがウソをついた。

「おお、それは大変でしたな……しかし、そちらの若い方は、何度かこの辺を通っておられたようだが？」

古老はおれを指さした。山道で目撃されてしまっていたらしい。

「まあ、お入んなさい。これも何かの縁。朝ご飯でも如何かな」

古老に誘われるまま、おれたちはぞろぞろと中に入った。

小さな倒れそうな古民家だと思っていたら、幾つもの棟が繋《つな》がっていて、中はかなり広い。そして広い土間では、少なくとも二十人くらいの老若男女が動き回っている。全員、古老と同じ、灰色の作務衣を着ている。

土間の中央には大きな釜があり、火がボンボン焚《た》かれて、火にかけられた寸胴《ずんどう》ではグラグラと何かが煮られている。

「何をしているんですか？」

「これは、麻の繊維を取る作業です。収穫した麻から、根と葉を切り落としましてな、幹の部分の長さを揃えて、数分間煮るのですわ」

麻煮《おに》と言うのだ、と古老は言った。

繊維を取るための作業で、違法なものではないのかもしれない、とおれは思いかけた。

「煮たあとは一週間から十日前後、天日に晒《さら》して干します。これが黄色く干しあがると、黴《かび》を防ぐために二度目の麻煮をして、再び天日で干して約一ヵ月。その次に、麻を発酵させて幹の皮を剝ぎ易《やす》くする工程に移ります」

幹の皮を剝いだ後は日陰に置き、麻掻《おか》きという道具で表皮を取り除いて、更に竹《たけ》竿《ざお》に掛けて数日間陰干しにするのだそうだ。

「それでようやく精麻《せいま》が完成するのです」

老人は、すごく手の込んだ工程を説明した。

「この麻は神社に奉納します。注連縄《しめなわ》や、古来からの神道の儀式に、麻はなくてはならないものなのです」

かまどの脇には俎板《まないた》と鉈《なた》がある。幾つもあるバケツの中には、麻の茎から切り落とされたらしい花の穂や葉が入っている。大勢いる作業員たちが二人がかりで、そのバケツを次々と奥の方に運んでいく。

奥の方では別の作業が行われているようだが、よく判らない。

かと思えば別の部屋では十人くらいが正座して、座禅のような雰囲気で目を閉じていた。そこから、例の甘ったるい臭いが漂ってくる。

「あそこではお香を焚いて、朝の祈りを捧《ささ》げておるのです」

古老はそう説明して大きく頷いた。

土間の鴨居《かもい》の上を見ると、神棚があり、その反対側の壁には大きな日章旗が飾ってある。

「我々はこうして麻を栽培して、神事に使う精麻を作っておるのです。美しい日本とその伝統を取り戻すため、日夜勤労奉仕しておる次第であります」

古老は胸を張るが、釈然としないおれは、思わずじゅん子さんに囁《ささや》いてしまった。

「おかしいっすよ。外から見るとボロボロの廃屋なのに、中はこんなに広いって……なにかのカモフラージュですかね？」

おかしいのはそれだけではない。

神事に使う麻を作っていると言うけれど、なぜかクッキーみたいな固形物が土間の片隅のプラケースにたくさん入っているし、細く巻いた葉巻みたいなモノも、別のプラケースに整然と並べられている。

やっぱり、普通ではない。

妙に甘ったるい臭い。

神事に使うという麻の栽培。

クッキーやシガレット。

これは、やっぱり……と思ううちに、おれは頭がボンヤリしてきた。寝不足とか疲労ではない。なんか別の、ふわふわした感じになってきたのだ。

それは、おれだけではなく、じゅん子さんやあや子さんも同じようで、目がなんとなく泳いでトロンとしている。いつもと変わらないのは黒田だけだ。

「すいません……おれ、ちょっと気分が悪くなってきたんで、外の空気を……」

「ああ、ええですよ。ここは煮炊きしていて暑いですからな」

古老は快く応じてくれた。

他の三人もぞろぞろと外に出た。

「じつは私もちょっと」

そう言うじゅん子さんの表情からも、普段の鋭さが消え、ぼんやりして見える。

黒田は平気な顔をしているが、おれたち三人は外に出ると深呼吸を繰り返した。

「あれは……間違いなく」

と、じゅん子さんが何かを確信した口調で言いかけたとき、古民家の裏手から若い女性が走ってきた。お揃いの作務衣を着ているが、それはあの芦田さんだった。

三日前、「ここからは自分で行ける」と言って消えてしまった、あの女子大生だ。

「みなさん、ここは危険です！　すぐに逃げてください！」

「え？　あんたナニ言うてまんのや？　宝の山を前にして」

黒田社長はやっぱり「一口嚙ませて貰って金儲け」の算段に傾いているのか？

「ここで逃げるやなんて勿体《もったい》ない」

黒田を無視して芦田さんは続けた。

「ここは、神事に使う精麻を作るのをカモフラージュにして、実は、精麻には使わない花穂や葉を利用して、違法な大麻を精製してるんです！　ここで働いているのはカルト宗教の信者です。私の両親もここにいるんです！」

　芦田さんは驚くべき事を言った。

「両親はこの宗教に取り込まれてしまったんです。ここに来て勤労奉仕をすれば天国に行けると洗脳されて、両親はすっかりそれを信じ込んでしまったんです！」

「そうだったの。それであなたはご両親を連れ戻しに来たけれど、なかなか言うことを聞いてくれないと言うこと？」

　じゅん子さんが念を押すように訊くと、芦田さんは大きく頷いた。

「たしかに、芦田さんが言うとおり、あれは、絶対に大麻です。何らかの物質が神経系統に作用しているのを感じます」

　じゅん子さんがキッパリと言った。

「そうや。この多幸感はまさしく大麻やで」

　経験者なのか、黒田もすぐに同意した。

「大方、この古民家の奥にも工場があるはずや。乾燥大麻か大麻樹脂か液体大麻か、もしくはその全部を作っとる工場や」

「そうですね。土間にあったクッキーみたいなものはおそらく、大麻で出来たお菓子、『スペースケーキ』でしょう」

「見えたデ！」

黒田が勝ち誇ったように言った。

「これで全部判った。ここは、大麻製造工場や。秘密のな。せやから、クマの着ぐるみを着て時々出没させて、一般人を寄せ付けんようにしとったんや。な？　この周辺だけクマが仰山出るっちゅうことの説明が、これで付くやろ！」

蛇の道は蛇、悪には悪、さすがは黒田ということか。

「けど……おかしいっすよ。こんな重大な秘密があるのに、どうして部外者の、どこの馬の骨とも判らないおれたちを、中に入れてくれたんすかね？」

おれは素直に疑問をぶつけた。

「そら、ここで追い返すと余計に怪しまれると思うたからやろ……ちゅうことは」

黒田はおれたちを見渡して、ニヤリとした。

「あの連中は、これからわしらを懐柔し始めると思うで。わしらを仲間に取り込んでしまえば口外することもない、ちゅうことで」

「芦田さんも取り込まれそうになったの？」

じゅん子さんに訊かれた彼女はうなだれた。

「はい。もちろん両親からも、このカルトに入れ、入れば楽になると言われてますけど、私は絶対にそうは思えないので」

「でも、ご両親をここから連れ出すのは、一人では無理なのでは？」

そう言われた芦田さんは、泣きそうな顔になった。

「でも……誰も助けてくれないし……」

「社長！　ここは我々がなんとか力を貸すべきでは？」

おれは黒田に進言したが、金儲けが人生最大のテーマである社長は「そうやなあ」と言うばかりで煮え切らない。頭の中では「カルトと組んで大儲け」と「カルトに正義の鉄槌《てっつい》を下す」の両天秤《てんびん》で揺れているのだろう。「大儲け」のほうに傾いていることは、ほぼ確実だが。

と、その時、山道をゆっくりと車が近づいてくる音がした。舗装していない山道をタイヤが踏みしめる音だ。

やってきたのは黒塗りの高級車だ。

この古民家の前で止まると、一昨日のブルースブラザーズみたいなサングラスに黒服の男が降りて、うやうやしく後部ドアを開けた。

あたかも国家的最重要人物のように車から降りてきたのは、昨日の「農作業おばさん」、こと「謎の上流夫人」だった。今日はシャネル風の高級スーツを着込んでいる。

すると古民家の中からも、お揃いの作務衣を身につけた総勢二十人ほどがゾロゾロと出て来て整列し、一斉に頭を下げた。

その間を謎の夫人は「ごきげんよう」などと言いながら、にこやかに歩いて行く。まるで国賓でも迎えるみたいな仰々しい雰囲気だ。

「えっ、ウソ!?　あのヒト……多津江《たつえ》夫人じゃん！　あの有名な……」

ミーハーなあや子さんの心底驚愕《きょうがく》している表情を見るかぎり、日本国民なら知らぬモノはいないくらい、凄い存在なんだろう。おれが知らないだけで。

さっきの古老が古民家の中から進み出て、夫人にうやうやしく最敬礼すると、「ささ、中へどうぞ」と丁重この上なく案内している。

「マスコミに知らせなきゃ」

大変なことを知ってしまった、という表情でじゅん子さんが言った。

「え？　知らせるって、何をっすか？」

「飯倉くん、判らないの？」

じゅん子さんはバカに苛《いら》つくという感情剝き出しで言った。

「大麻を栽培しているカルト集団と、日本のトップ級のＶＩＰ夫人が昵懇《じっこん》の仲なのよ！　由々しき大問題でしょ、これは！」

そう言いつつ、じゅん子さんは靴の紐《ひも》を締め直し始めた。

「私、今すぐ降りて町まで行ってきます」

「ワシも行く。今後の方針を検討せなアカン」

「じゃああたしも。飯倉くんも行こうよ」

多津江夫人来訪で生じた無警戒の隙を突いて、三人は逃げると言う。だが。

「いや、おれは残るっす」

おれの口から出たのは、思いがけない言葉だった。

「残って、芦田さんを助けないと」

カルトから両親を救い出そうとして孤立無援の芦田さんを置いてゆくことは出来ない。

「そうなの。じゃあ頑張って。私たちもなるべく早く戻るから。応援を連れて」

じゅん子さんはすっくと立ち上がり、神室山の麓めがけてダッシュしようとしている。

「おれも、芦田さんのご両親を説得できたら、すぐに山を降りますから」

「いいけど気をつけてね。ホンモノのクマに遭う可能性が無いわけじゃないから」

じゅん子さんが言った。

「今、クマに異変が起こってる可能性があるの。人間の味を覚えてしまって、その情報が、何らかの仕組みでクマの世界に広まっているのかも。そうとでも考えないと説明が付かない現象が日本中で起きているのは事実だから」

「あっ、そういう話、あたしも知ってるよ！」

と、あや子さんが横から割り込んだ。

「百匹目の猿って話でしょ？　一匹の猿がサツマイモを塩水で洗って食べることを覚えて、他の猿も段々その真似《まね》をし始めて、真似する猿が百匹を超えたところで、その群れの猿ぜんぶがイモを洗うようになって……おまけに離れたところにいる、全然別の群れまでが洗うようになったっていう話。そういう謎のネットワークがクマの世界にもあって、人間は美味しいっていう噂が広まってるかもよ？」

「あ、それは真っ赤なウソだから」

じゅん子さんはニべもなく却下した。

「それは作り話で、形態形成場理論というものを判りやすく説明するための、ただの例え話に過ぎないガセだから。イモ洗い猿が住んでいた島の近くには『百匹目の猿現象発祥の地』の記念碑まであるけど、それ、ほとんど『日本の恥の記念碑』ですからね」

「せやけどもや」

黒田も口を出した。

「ちまちまと木の新芽やらさくらんぼやらドングリやらを食うとったクマが、残飯や人の肉の味を覚えたらどうなる？　最低賃金でコツコツ働いとった人間がパチンコで大当たりしたようなもんやで。そらおかしなるわ」

「それはそのとおりね」

じゅん子さんは今生の別れのような顔をして、おれを見つめた。

「くれぐれも気をつけるのよ！　不用意に行動しないで」

三人は、かなりの早足で山を下りていった。

「……これから、どうなっちゃうんでしょう？」

芦田さんは泣きそうな顔でおれを見た。

「パパとママ、人が変わっちゃったし……」

彼女の視線の先には、「夫人」を囲んで欣喜雀躍《きんきじゃくやく》、恐れ入ってぺこぺこと頭を下げている作務衣の集団がいる。あの中に芦田さんの両親も居るのだろう。

「私、怖い……」

彼女はそう言うと、おれに抱きついてきた。

「心細いんです」

あれよあれよという間に、芦田さんはおれを誘い、古民家の裏に移動した。

魚心あれば水心。こういう時、彼女を慰めるには……。

彼女の肩を抱いたおれの手は、自然と芦田さんの胸を這《は》い、やがて唇と唇が重なった。おれも少しは成長するのだ。

彼女も拒否することなく、応じてきた。

作務衣の前を開いてみると、その下には、やはりグレーのTシャツがあった。

それを引っ張り上げるとノーブラの乳房が現れた。小ぶりだが、形のいい双丘だ。

なんて可愛いのだろう！

おれは、彼女の肩を抱きしめ、そのまま露《あら》わになった胸の谷間に顔を埋《うず》めた。

乳首にちろちろと舌を絡ませると、芦田さんの華奢《きゃしゃ》な躰《からだ》はふるふると震えた。

「ダメ、こんなところで。人に見られちゃう」

「今は『夫人』が来て取り込んでるんです。大丈夫ですって」

おれは芦田さんの左の乳首を吸いながら、右の乳房にも手を延ばし、ゆっくりと揉みしだいた。

力が抜けたのか、芦田さんはよろけて古民家の外壁にぐったりと倒れ込んだ。二人分の体重がかかったので、家が揺れたりはしなかっただろうか？　とおれは心配になったが、秘密の大麻工場なんだから、そんなにちゃっちい作りではないだろう。

おれたちはそのまま座り込み……おれは彼女を、柔らかい草地に横たえた。作務衣の下に手を延ばしてみる。彼女は抵抗はしない。されるままに脱がされていく。

小さな可愛いショーツを下に降ろすと、芦田さんの淡い秘毛が見えた。

おれはもう夢中になって、その部分に口をつけて、舌を這わせてしまった。

「ああん……い、いい気持ち……」

翳《かげ》りをかき分けて下の唇を左右に押し広げてみると、芦田さんの小さな肉芽が、顔を覗《のぞ》かせた。華奢な躰つきにふさわしく、可愛らしいクリトリスだ。

おれはもう夢中になってそれを舌先で転がし、嬲《なぶ》っているうちに、彼女も甘い喘《あえ》ぎを洩らし始めた。

「ううう……感じちゃって……恥ずかしい」

その言葉とは裏腹に、芦田さんの秘部はどんどん湿りを増して濡れていく。舐めながら割れ目に指も入れてやると、くちゅくちゅと、かわいい、だけどイヤらしい音がする。

おれの男の部分もかちかちに大きくなって、そろそろパンツの中で悲鳴を上げはじめた。

「い、いいかな。入れていいかな」

彼女はいいとも悪いとも言わずに、いやいやをするように首を左右に振った。拒んでいるのか感じているのか判らないのだが、ここは都合良く解釈して、おれは芦田さんの中に入ることにした。

焦ってジーンズを脱ぎ、彼女の片脚を持ち上げ、秘所に屹立《きつりつ》した陰茎を押し当てて、ここぞとばかり腰を突き上げる。

「あっ」

彼女が驚いたような声を出した。

おれのモノは、まるでぴったりのサイズの手袋に手を入れたように、芦田さんのあそこに、するりと収まってしまった。

芦田さんのその部分が、おれのものをキュッと締めつける。素晴らしい手応えだ。何度か腰を動かしただけで、彼女の全身から力が抜けていき、両手がおれの背中に回った。

外での、いわゆるアオカンが物凄く興奮するものだと判った。おれはもう童貞でもないくせに、彼女のあそこがどんな感じなのか判らなくなるほどに興奮しまくって、なにが何だか判らないままに終わりを迎えつつあった。

もうちょっと続けていたい。でも状況が状況だけに、こんなに昂《たか》まってしまったのも仕方がないか……。

おれは自分のモノを芦田さんの中から引き抜き、柔らかな白いお腹に思いの丈をぶち撒けた。

「うおおおおっ」

絶頂の迸《ほとばし》りの際、思わず声を上げてしまった。しまった！

「誰だ！」

おれの声に反応した何者かが声を上げた。いや何者かは判っている。大麻製造の一味だ。

芦田さんもおれも、慌てて服を着たが、ばたばたと不穏な足音がして、声の主がどんどん追ってくる。

「何やつ！　名を名乗れ！」

そう言われても、この状況で名乗るわけにはいかない。

しゃがんで小さくなり、なんとか身を潜めようとしたが……見つかってしまった。

「……名乗るほどの者ではない」

うっかりそう答えたら、思いっきり激怒されてしまった。

「なんだ貴様？　ふざけてるのか！」

宗教関係者と言うより犯罪関係者という雰囲気の、髭面《ひげづら》で目付きの悪い男だ。

「はは～ん。お前はさっき、代表に案内されてウロウロしていたヤツだな？　それとその後ろに隠れてるのは……芦田ンところの娘か。両親を穢《けが》れた俗世間に引き戻しにやってきた」

「見つかってしまっては仕方がない」

いやマジで仕方がない。逃げ出そうにも、他の連中がやってきて、おれたち二人を取り囲んでしまったのだから。

困ったなあ……。

どうしていいか判らないまま、おれは芦田さんを後ろに庇《かば》い、立ち上がった。

そしておれは予想どおりのセリフを聞いた。

「見られたからには、このまま帰すわけにはいかん」

「まあ……当然っすよね」

なんとか時間稼ぎをして、その間に逃げる算段をするしかないとソワソワしているおれの手が、ふとジャケットのポケットに入っている硬いものに触れた。

あ！　これは……。

いけるかもしれない。咄嗟におれは囁いた。

「芦田さん。いいですか、おれが合図したら息を止めて目を瞑《つぶ》って。おれが手を引いたら、その時は思いっきり走って。いいっすね？」

戸惑いながらもうなずく芦田さん。そうする間にも、おれたちを取り囲む連中の輪は、じりじりと迫ってくる。

悪党ヅラの男が言った。

「お前、なかなかいい度胸じゃないか。スパイたるもの、そうじゃなきゃな」

敵はなおも近づき、手を延ばせば拳が当たるくらいの距離まで迫ってきた。

今だ！

おれはポケットからクマよけ強力スプレー「ポリスマグナム」を引き抜き、人指し指に全身の力を込め、プシューーッと連中めがけて噴射してやった。

「食らえっ！」

「うわ！」

ツキノワグマ用油性スプレーの威力が想像以上であることは、すぐに判明した。赤い唐辛子色の霧幕を浴びた一味の全員が目と口と鼻を手でおおい、もがき苦しみ始めたのだ。ゲホゲホと猛烈に咳《せ》き込んで、一人残らずその場に蹲《うずくま》ってしまった。

おれはスプレーを噴射し続け、連中のまわりをぐるっと一周してやった。

スプレーの直撃を受けたメンバーは、面白いように昏倒《こんとう》してゆく。たしかに、こんなに効くんだからクマにも有効なのはよく判った。

「よし！　逃げるよ！」

おれは左手で芦田さんの手を引き、右手ではなおもスプレーを噴射させつつ逃走の態勢に入った。今や一味の全員が悶絶《もんぜつ》してひっくり返っている。中には酸欠状態になったものか、瀕死《ひんし》のゴキブリみたいに足をピクピクさせている者さえいる。

が。好事魔多し。

急に風の向きが変わり、おれたちの側に、赤い霧幕がまともに吹きつけてきた。

「おわっ！」

おれが噴射しているスプレーの霧が、もろに逆流しておれの顔に向かってきた。

「ひえーっ！」

その瞬間、おれの目は見えなくなった。激痛のあまり、目が開けられない。生姜《しょうが》ワサビ辛子ラー油タバスコあるいはハラペーニョ等々、この世に存在する、ありとあらゆる辛いモノを煮詰めて圧縮したかと思えるほどの液体がモロにおれの顔面を襲い、べっとりと付着してしまったのだ。

悶絶。

もはや逃げるどころの話ではない。

息すら出来ないから、その場に倒れ込んで、ゼーゼーと必死にあえぐしかない。

「大丈夫ですかっ?」

芦田さんもパニックになり、オロオロしている。

「逃げて! おれのことはいいから」

目が見えないのでは逃げられない。だが。

「ダメよ。私が先導する。ついてきて!」

おれが言ったとおり目を瞑っていて無事だった彼女が、おれの手を引いてくれた。

しかし。逃げ始めたおれたちを突如、不気味な咆哮《ほうこう》が襲った。

あたかも地の底から湧き上がり、あたりの木々をゆるがすような、物凄い重低音だ。その共鳴のレンジの大きさからして、相当な巨体から発せられていることは間違いない。

「え？　ななな、何？」

怖《おそ》ろしいが痛くて目が開けられない。それでも「雨の日の犬の臭い」の、数百倍の強さはありそうな「獣の臭い」を、おれはしっかりと嗅ぎ取った。芦田さんが悲鳴をあげる。

「クックマよ！　物凄く巨大なクマ！」

え？

この辺に出るクマは、この連中が脅しに使っている、着ぐるみのニセグマのはず……。

しかし、この獣の臭いは……！

もしかすると、これこそが観光協会の会長さんも恐れていた、伝説の巨大グマ、「スーパーF」なのか？

ヴゥォーという咆哮がまた聞こえた、しかも、その距離はさらに近づいている。

そうだ！　おれはクマスプレーを持ってるんじゃないか！　これだけ強力なんだから、コレさえあれば大丈夫だ！

が。

スプレーのノズルをいくら押しても、スカッスカッという音しかしない。

なんということだ。クマよけスプレーを人間相手に使いきってしまったのだ！

肝心なときに、なんという間の悪さ！

再び絶対絶命。というか、相手はクマだ。話が通じる相手ではない。

必死で目を開けると目の前に巨大な黒い壁が見えた。壁には針金のように硬そうな獣毛が密生している。見上げればその上には白いネックレスのような三日月のマーク。さらにその上には、カッと開かれた赤い口と白い牙。おれの前に立ちはだかっているのは、ありえないほど巨大なクマだった。

おれは咄嗟にスプレー缶を投げつけると、まわれ右して逃げ始めた。芦田さんも一緒だ。

またしてもじゅん子さんに教わった「両手を挙げて自分を大きく見せつつ熊の目を見て睨みつけて後ずさりする」という逃げ方を試す余裕はなかった。怖ろしすぎてとても無理だ。全速力で逃げたい。クマの方が早くて追いつかれても、走って逃げたい。それでクマに負けて……食われるのならもう仕方がない。

おれたちが逃げるのと同じ方向に、大麻一味も一緒になって逃げている。

振り返ると巨大グマも、こっちに向かって追跡を開始している。

ああ、殺される！　もはや、これまで……。

しかしその時。キュンキュンという、どこかで聞き覚えのある小動物の声が聞こえた。

え？　あれは……もしや？

またしても振り返ると、おれたちと巨大グマとの間に、黒い毛玉が転げ込んでくるのが見えた。あれは……子犬だ！

あや子さんが飼っていた、あの黒い子犬が戻ってきたのだ。

いかん！　あの子犬はクマに食われてしまうぞ！

おれは思わず足を止め成り行きを見守った。

果たして。

巨大グマは、おれたち人間よりも、その黒い子犬に興味を惹《ひ》かれたらしく、ゆっくりと歩み寄ってゆく。

ああ、これで一撃のもとに子犬は倒されてしまう……可哀想に。

巨大グマが、カッと開いた大きな口を、じりじりと子犬に近づけてゆく。

ところが。

子犬の首筋に牙を突き立てる、と思いきや、巨大グマは、ぺろぺろと子犬を舐め始めたではないか。あたかも母グマが子グマを慈しむように……。

子グマを？

よく見ると、子犬も自ら巨大グマにスリ寄って、甘えるような仕草をしているではないか！

「クロちゃ～ん！」

その時、山道の下の方からあや子さんの声が聞こえた。黒田ではなく、明らかに「黒い子犬」に呼びかけている。

「どうしたの、クロちゃん？　なぜ逃げちゃうの？　ダメじゃん？　この山道は危ないんだよ、クマが出るから……って、えっ？　どういうコト、これは？」

巨大母グマにスリスリしている「クロちゃん」を目撃したあや子さんは衝撃のあまり固まった。

「クロちゃんって、もしかして……子犬じゃなかったの？」

もしかしなくても、母グマとの再会を果たしたらしいクロちゃんは、今や子グマ以外の何ものにも見えない。

そこにじゅん子さんと黒田もやって来た。

「警察やらなんやら、関係各所に通報したったで。お前のことが心配で引き返してきたんや。ありがたく思わんかい」

そのあいだにも子犬、いや子グマのクロちゃんは母親との再会を心から喜んで、巨大グマにまとわりついている。

「子犬にしては違和感がある、とは思っていたんだけど……やっぱりねえ」

母子の感動的な再会を見ながら、じゅん子さんもやれやれという表情だ。

やがて警官隊が到着して、ご禁制の大麻工場に踏み込んだ。逃げずに残っていた関係者全員が逮捕され、この件は一件落着した。

＊

おれたちはガイド事務所に引き上げた。

子グマを母親の元に返してあげたことは、言うまでもない。無許可でクマを飼ってはいけないし。

気がつくと芦田さんと一緒に、中年の男女もおれたちについて来ていた。

「ご紹介が遅れました。父と母です」

どうやら、巨大グマ出現のパニックと警官隊による家宅捜索のドサクサに紛れて、芦田さんの両親は無事逃げることが出来たらしい。

「ハッキリ目が覚めました。老いては子に従え、というほどのトシではありませんが、私どももこれからは娘の言うことを聞いて、妙なことには関わらないようにしたいと」

そう言って頭を下げたご両親の、うしろを見たおれはギョッとした。

事務所の入り口に、例の「夫人」がSP二人を従えて立っていたからだ。

「よろしいかしら?」

そう言いながら夫人は入ってきた。

「わたくし、悪いことはしていないと思っていますけれど、でも、大麻を扱うことは今の法律には違反していますものね。だけどわたくし、昔から、信じられない強運の持ち主と、みなさんには言われているんですのよ」

夫人は、何の屈託もなく笑った。

たしかに「強運」ではあるのだろう。あの集団と深い関係がありながら、一切お咎《とが》めナシなのだとすれば。

逮捕されたのは、代表と呼ばれた古老以下、あの秘密工場の関係者全員だ。「夫人」たちは上手に逃げたのか、それとも忖度《そんたく》とかいう、例のろくでもない影響力を使いまくって難を逃れたものか、そこは判らないが。

ではごめんあそばせ、と言って夫人は黒塗りの高級車に乗り込んで、行ってしまった。

「なんやあれは？　てっきりあの『夫人』が連中の黒幕で、一味と一緒にパクられたとばかりワシは思うとったのに」

「それがあの人たちの怖いところですね。自分たちは絶対に捕まらないっていう」

じゅん子さんも呆《あき》れて天を仰いだ。

「な、判ったやろ？　今この国の上におるんは、ああいう『運の強い』連中や。それを信じて付いていく下のモンだけが捕まって、人生アウトになるんやで」

黒田は芦田さんの両親を見て、諭すように言った。

「けどあんたらの運も強い。親孝行な娘さんがいてホンマに良かったやないか！」

だがそこで黒田の顔は曇った。

「せやけどクマ出没は一味の工作やったいうことが判ったわけや。ちゅうことは……わしらは失業か？　クマの出没はないんやからな」

黒田は溜息《ためいき》をついた。

「また別の仕事を探さんならんデ」

「いいえ、それは違います社長」

じゅん子さんがぴしりと言った。

「我々が遭遇したじゃありませんか。あの山には巨大なクマがいるんです。実際にクマの被害を受けて怪我《けが》をした方も居ます。あの巨大グマによるものかは不明ですが、人を襲ったクマがいる事は間違いありません。つまり、志葉高原におけるクマ出没問題は、解決していないんです」

「ほうか？　わしらの存在理由はあるちゅうことか」

「そのとおりです」

あや子さんも言った。

「それと子グマのクロちゃん。あの子はあたしにはめっちゃ懐いてたから、あたしが山に入れば絶対に大丈夫！　ってことは、この高原のガイドはウチしかない、絶対に間違いないのはウチだけってことよ！」

「ほな高原の暮らしにも慣れてきたことやし……もうしばらくは居よか」

黒田は浮かしていた腰をおろし、椅子に落ち着かせた。

「いっそ、この高原でペンションでも経営しますかね？」

おれもつい、心にもないことを言ってしまった。

本音を言えば東京に帰りたい。この高原の自然は素晴らしいけれど、これから一気に冬になる。おれはスキーが出来ないし、寒いのも大の苦手だ。

横目であや子さんを見ると、あや子さんも、この高原よりも街が恋しいようだ。

「そりゃ……ここはいい所だよ？　温泉もあるし、そこそこ美味しいごはん屋さんもあるし、仕事もあるんだからいいんだけど……クロちゃんは退屈しない？　街が恋しくない？」

あや子さんは何かをオネダリするときに、ここぞとばかり繰り出す、必殺の上目遣いで黒田社長に視線を送った。

「まあ、今結論を出すことでもないやろ。今日は、一件落着したんやし、温泉に入ってノンビリして、明日考えよやないか。明日出来ることは今日するなと、アリストテレスも言うたやろ」

「言ってないと思いますけど」

冷静に指摘するが、じゅん子さんの手にも着替えとバスタオルの「入浴セット」があった。

「警察から金一封が出るはずや。それを楽しみにして、風呂入って美味しいもの食べて、今夜はノンビリしよ。先のことを考えるのは明日や明日！」

秋の陽は釣瓶落《つるべお》とし。さっきまで明るかったのに、急に夕闇に包まれて……夜になった。

《参考文献・ホームページ》
石見ヒサ著『吾が住み処ここより外になし—田野畑村元開拓保健婦のあゆみ』萌文社
二〇一五年
坪田敏男・山崎晃司編『日本のクマ—ヒグマとツキノワグマの生物学』東京大学出版会
二〇一一年
WWFジャパン「日本のクマについて」
https://www.wwf.or.jp/activities/basicinfo/3567.html
にっぽん文明研究所「神道つれづれ【16】日本の麻について—麻文化の復権—」
http://www.nippon-bunmei.jp/

《初出》
第一話　民泊アーバンリゾート・ダウンタウントーキョーへようこそ　ウェブジェイ・ノベル二〇一七年十二月
第二話　ブラックミステリー急行殺人事件　ウェブジェイ・ノベル二〇一八年二月
第三話　豪華客船の反乱　ウェブジェイ・ノベル二〇一八年六月
第四話　嵐を呼ぶ女性専用車両　ウェブジェイ・ノベル二〇一八年七月
第五話　決死の高原ガイド　書き下ろし

実業之日本社文庫 あ84

悪徳探偵《ブラックたんてい》 お泊《とま》りしたいの

2018年8月15日 初版第1刷発行

著 者 安達《あだち》 瑶《よう》

発行者 岩野裕一
発行所 株式会社実業之日本社
〒153-0044 東京都目黒区大橋 1-5-1
クロスエアタワー8階
電話 [編集]03(6809)0473 [販売]03(6809)0495
ホームページ http://www.j-n.co.jp/
DTP ラッシュ
印刷所 大日本印刷株式会社
製本所 大日本印刷株式会社

フォーマットデザイン 鈴木正道(Suzuki Design)


ISBN978-4-408-55428-0(第二文芸)